來一場

6 西區公眾貨物裝卸區

中西區海濱長廊

豐物道

水街

聖巴拿巴會之家

德輔道西

皇后大道西

石塘咀體育館及
石塘咀街市

山道

5 裕來香蛋卷

中華基督教
香港

1 巴士站旁的石牆樹
2 聖士提反女子中學
3 西營盤社區綜合大樓
4 救恩堂
5 裕來香蛋卷
6 西區公眾貨物裝卸區

1 般含道巴士站旁的

西營盤

灣仔

4 舊灣仔郵政局

6 藍屋

★ 港鐵灣仔站C出口

1 波士頓餐廳

2 和昌大押

3 利東街

4 舊灣仔郵政局

5 舊灣仔街市原址

6 藍屋

香港中文大學

新亞書院校巴站
人文館
誠明館
錢穆圖書館
1
君子塔
新亞坊
3
百萬大道
逸夫科學大樓
善衡
5
5 中藥園
3 李卓敏基本醫學大樓小食店
小橋流水
牟路思怡圖書館
6 崇基書院禮拜堂
6
何添樓

柯布連道
港鐵灣仔站
C出口
軒尼詩道
交加街
灣仔街市
利東街
春園街
太原街
石水渠街
道東
5 舊灣仔街市原址
3 利東街
3
4
5
6

- ★ 港鐵大學站廣場校巴總站
- ★ 新亞書院校巴站（新亞坊）
- 1 新亞書院圓形廣場
- 2 合一亭
- 3 李卓敏基本醫學大樓小食店
- 4 仲門（Gate of Wisdom）
- 5 中藥園
- 6 崇基書院禮拜堂

告士打道
Boston
RESTAURANT
廳餐頓士波
1 波士頓餐廳
修頓遊
盧押道
1
盧押道與 莊士敦道交界
船街
2
大王東街
和昌大押
2 和昌大押
洪聖古廟
皇后大

4 救恩堂

德輔道西

皇后大道西

第一街

西邊街

第二街

正街

東邊街

第三街

5

4

高街

港鐵西營盤站
C出口

3 西營盤社區綜合大樓

3

1

般含道

巴丙頓道及柏道交界

2

屋蘭士里

城西公園

禮賢會
堂

牆樹

2 聖士提反女子中學

文學散步

來一場文學散步

可洛 著

來一場文學散步

作者／可洛
責任編輯／卓希雪
美術設計／胡凱悦　周活寧　陳詩韻
插圖／棗田
出版發行／突破出版社
香港沙田亞公角山路 33 號突破青年村
電話：2632 0000　傳真：2632 0388
電郵：breakthrough@breakthrough.org.hk
網址：http://www.breakthrough.org.hk
http://www.btproduct.com
承印／陽光（彩美）印刷有限公司
2023 年 6 月初版 1 刷
2024 年 6 月初版 2 刷

A Literary Walk

by Leung Wai Lok
First Printing, First Edition, June 2023
Second Printing, First Edition, June 2024

Printed in Hong Kong
ISBN 978-988-8562-85-5

人文價值

或坐在巨人的肩膀上，或呷一口書香，讓我們的生活漸次提升，讓眼界更見遼闊。

目錄

一 西營盤

王莉站在客廳的中心，雖然還沒有傢俬，空蕩蕩的，但客廳還是顯得很小；如果不是小窗透進一線陽光，感覺就是一個灰白色的密封空間。

她不由自主地踱到窗邊，風景都被四周的樓房遮擋，只有一條小縫，讓人看到被切割的街景和小片綠樹。這時，一個穿着黑衣、黑褲的男人走過，正好抬頭看向這邊。

這個人好像在哪裏見過？王莉想要多看一眼時，那人已經從小縫走過，沒入樓房的後面了。

「王小姐，這個單位不錯吧？」地產經紀見她若有所思說。

「嗯……挺好的，但不大光猛。」

「這兒向東啊，」地產經紀看一眼手錶，「早上最光猛。一覺醒來看到陽光，心情也好一點。」

「是嗎？」她又向窗外看了一眼，「呀！睡房的窗子太舊了，好像會隨時掉下來。」

「這個我可以跟業主說，看他想怎樣辦。」

「租金能再便宜一點嗎？」

「已經很便宜啦，你想，不用十分鐘便到地鐵站。還有，樓下有很多餐廳，街市和超級市場也很近。」

「麻煩你幫我問問業主吧。」

「好的，介意我問你做盛行嗎？」

「我是教師，中學的。」

「那一定沒問題啦，我幫你問業主。」

地產經紀連忙給業主打電話。王莉把睡房的小窗關上，聽到吱的金屬疲勞聲。

「他沒有接電話，我用短訊問，有消息馬上通知你。」

「那麻煩你了。」

別過地產經紀，王莉回到街上。西營盤——一個陌生的地方。這兒路很斜，樓梯又多，大廈看來很破舊，然而另一邊，卻是豪宅地盤，用綠色的帆布蓋着，不時傳來硬物敲打的聲音。如果不是近上班的地方，她才不會搬來這一區。

手機傳來提示聲，她一看，後悔了。這就是現代人的陋習，只要手機發出半點聲響，或是熒幕一亮，便忍不住查看。原來是科主任的短訊。什麼？要做一份成語工作紙？這是之前從沒提過、突如其來的工作，而且要星期一交給她。我的週末啊。王莉痛苦地嘟囔着。

她想找過海巴士，但很快便迷路了。十月尾的週末正午，陽光毒熱，加上港島區的行人路窄，車輛都從身旁擦過，噴出又熱又臭的廢氣。她走了不久，肚子也餓了，便想到找個地方歇歇，吃點東西，再回家做工作紙。

她站在西邊街一座灰白色的大教堂外張看，看到對面街的燒味餐廳、鋼琴興趣班中心、薄餅店，然後是一片落地玻璃。沒想到在這樣的舊區，竟有一間別緻的咖啡店。她看清沒有汽車，走過馬路，推門進去，撲來一陣咖啡香，剛好門口前的座位沒有人，便坐下來了。

點了鮮茄海鮮扁意粉和熱的白咖啡後，王莉環顧店面，白色水泥牆，淺棕色餐桌，桌上用玻璃水瓶插着乾花，落地玻璃把明亮的光線引進來，把咖啡機照得閃閃發亮。如果我租的地方也這麼光猛便好了。陽光也令門口的盆栽充滿朝氣，好像向路人招手。剛才自己就是這樣被吸引過來嗎？

店子很小，不過四張桌子，還有吧台三張椅子，都坐滿了人。坐在前面桌子的人，一身黑色，不就是剛才在窗外看見的男人嗎？他也向着這邊看過來，怎麼好像見過他呢？剛才便有這種感覺了。

男人的視線在她臉上移動，但並不使人尷尬，而是慢慢地、溫柔地，像要素描她的面貌似的。王莉與他對望，她知道這個人並不是第一次見面的，但一時間卻想不起在哪裏見過。

「王老師？」男人先開口。

會叫我王老師的，難道是學生？糟糕。

「你認得我嗎？我在你學校……」

「哦！你是張志樂。」

「對，沒想到你記得我。」

「記得！有一次在學校走廊碰上，科主任介紹你給我的。」

終於想起來，張志樂是學校外聘的中文寫作班導師，在她入職前，已經跟學校合作好幾年了。

「沒想到在這兒碰見你……你約了朋友嗎？」

「我沒約人。」

「那我可以到你這邊坐嗎？」

「可以啊，請坐。」

張志樂把空的碟子拿到吧台還給店員，便捧着咖啡杯坐在王莉對面。

「這個杯子很特別，是六角形啊。」王莉看着他的冰咖啡說。

「是啊，我是點了才知道。你也點了冰咖啡嗎？」

「我點熱的，不知道杯子是什麼樣子。」

咖啡送來了，是普通的有耳大口咖啡杯。

「早知我也叫冰咖啡啦。」王莉剛大學畢業，還是有點孩子氣。

「最重要是味道。」

王莉呷了一口，咖啡很香，奶味適中，沒有把咖啡本身的味道蓋過。及格，她在心裏打分。

「你住在附近？」張志樂用吸管攪動冰塊，傳來清脆的聲音。

「不是啊，你呢？」

「不，我是來文學散步的。」

「文學散步？是什麼？」

這時，店員送來鮮茄海鮮扁意粉，橘紅的色調令人胃口大開。

「嗯，」張志樂用食指敲一敲下巴，「你想像有一張地圖，標示着不同作家的住所、他們走過、寫過的地方，甚至連虛構的故事也記在上面。我們跟着地圖走，不就可以把過去和現在、文學與現實重疊起來，讓人更能認識作家和他們的作品嗎？」

「聽起來很有趣，但有這種東西嗎？」

「在香港一直有人做這樣的事啊。」

「你今天來就是要做文學散步的……地圖？」

「地圖不需要我做。因為下星期我要帶寫作班的學生來參觀，所以預先來走一趟，探探路。」

「你真有心。」

「這是工作的一部分。」

「但這裏有作家寫過嗎？」

「有，不單寫過，有些地方還跟作家的生平事蹟有關。例如蕭紅的骨灰就撒在這附近。」

「我唸大學時讀過蕭紅的小說，她的骨灰在什麼地方？」

「有時間去看一看嗎？」張志樂邀請說。

王莉想答好，但馬上想到科主任的短訊，那突如其來的工作紙。

「對了，你也是教中文科的？」

「教中文，將來還想教中國文學科。」這是王莉真心的想法。

「那太好了。文學的生命並不單單在紙上，它與我們的城市、生活的地方息息相關。」

「我喜歡你這句話。」

「這是我希望透過文學散步讓學生明白的事。」

因為這句話，王莉決定暫時拋開那惱人的工作紙。從咖啡店出來，跟在張志樂後面，沿着西邊街往上走。天氣還是很熱，但比起吃飯前好多了。

除了蕭紅的書，她看過許鞍華的電影《黃金時代》，蕭紅來過香港，她是知道的，但作家的骨灰會在這麼近的地方嗎？

「要走一小段斜路啊。」張志樂說。

「可以的，平日在學校，我會捧着電腦、課本、功課跑幾層樓梯。」

「做老師真不簡單。」

「我還不是教師呢。」

「什麼意思？」

「我只是助理教師。」

張志樂還想再問，但兩人已到了般含道，行人多起來了，加上車來車往的馬路，氣氛立時變得熱鬧起來，跟西邊街完全不同。張志樂忘了想問的事，指着對面馬路的巴士站。

「看見那些樹嗎？」

「樹？」王莉張看，「哪裏有樹？」

她還想多看一眼，卻被靠站的巴士遮擋了視線。

「我們過去看看。」

「等等我！」

轉了綠燈，張志樂飛快地過了馬路。王莉這時才發覺，他走路很快，但說話卻慢慢的，真是一個奇怪的人。

二人走到巴士站旁邊的石牆下，牆的頂部還可以清楚看到石的形狀和紋理，但牆身特別是接近牆腳的位置，石紋已經很模糊了，變得有點像泥牆似的。不過，最令王莉感到好奇的，是爬在牆身的樹根，粗幼不一，扭曲成美麗的圖形，像流水，像織網，它們頂着四個圓圓的樹冠，一字排開，像綠色的球。

「很可愛啊，這麼矮。第一眼還認不出是樹。」她說。

「它們本來是很高的，但幾年前被斬了。」

「被斬？為什麼？」

「這裏本來有五棵榕樹，但二零一五年一場暴雨，其中一棵樹倒塌了。路政署以保障公眾安全為由，漏夜把其餘四棵樹也鋸走。」

「呃？但它們沒有倒榻啊。」

「沒有。被斬後，它們又重新長出來了。」

「真的，很有生命力。」王莉伸手撫摸樹根，在烈日下傳來一陣微微的涼意。

「這叫石牆樹。」

「我聽説過，榕樹的種子落到石牆上石與石之間的縫隙，生長起來，慢慢包裹石塊甚至整片石牆，最後樹和牆合二為一。」

張志樂拿出手機，給王莉看石牆樹原來的樣子。未斬前的榕樹，長到四、五樓高，枝葉相連，構成綠色的蓋子，為行人和等車的市民遮蔭。

「未斬前好看多了，真可惜啊。」

「這些石牆可以追溯至香港開埠早期，有百多年歷史，當年造牆技術沒現在的好，牆身留有石縫，可以讓植物生長，但這種造牆工藝已經失傳，現今的水泥牆沒有空隙，可謂寸草不生，所以這些石牆樹是絕無僅有了。」

「它們也有作家寫過嗎？」

「大概還沒有，但文學散步除了帶學生遊走文學作品裏的地景外，也會讓他們認識不同社區的歷史和故事，算是擴闊寫作的題材吧。」

王莉笑了，「我的學生也很需要，他們常常想不到作文寫什麼。對了，蕭紅的骨灰就在這裏嗎？」

「差不多到了，還要走一段路。跟我來。」

張志樂走在前面，王莉有點追不上他，但又不好意思叫他慢下來。他們過了巴丙頓道和柏道交界，轉入屋蘭士里，旁邊就是城西公園，鳥聲從樹叢中傳出來，一時間竟有蓋過車聲的錯覺。

屋蘭士里的盡頭是一條樓梯，張志樂一邊走，一邊告訴她西營盤的故事。原來西營盤是香港最早發展的地區之一，當年英軍率先佔領這一帶，並且築起軍營，所以有了西營盤這個名字。到了一八五零到六零年代，許多難民因太平天國湧到香港，港英政府便規劃街道，發展這區來安頓增加的人口，於是以正街為中心，兩旁則有西邊街和東邊街，加上幾條橫街包括第一街、第二街、第三街和高街，構成一個方正的小社區。

「這區的歷史建築可多了，有舊贊育醫院、英皇書院、高街精神病院、西約華人公立醫局、第二街公共浴室等等。」

「你要帶學生參觀這麼多地方嗎？」

「人是貪心的，不過總得要取捨吧。聖士提反女子書院倒是要一看的。」

這個名字令王莉心頭一震，記得找教席時，她也曾寄求職信到聖士提反女子書院，可惜沒有回音。這間百年名校，曾是她嚮往的工作地方，但她也明白，人生並不事事如意。走完樓梯，他們到了列提頓道，聖士提反女子書院就在列提頓道二號。

因為是星期六，黑色的校門拉上了，但依然可見樓高四層的主樓，彷彿在綠樹叢中升了起來。

「我以前乘車經過，看見這座米白色的建築已經很喜歡了，令人有種置身英國的感覺。」

「但它黑色的屋頂，採用的卻是中式瓦面的結構，可謂中西合璧。」

「香港有不少建築物都是中西合璧吧？」

「說得也是。蕭紅的骨灰，一半撒在淺水灣，另一半就撒在這裏。」

「啊？為什麼是這兩個地方？」

「其實也說不清。她去世後，丈夫端木蕻良把她部分的骨灰安葬在淺水灣，但那兒的骨灰已經移走，現在搬到廣州銀河公墓了。餘下的骨灰便安葬在這裏，大概是因為她是在這裏去世的吧。」

「蕭紅在這裏去世？」

「是的，當時香港淪陷，許多醫院都被日軍佔領了。為了躲避日軍，端木蕻良和友人把重病的蕭紅轉到一間又一間醫院，最後便來到聖士提反女子中學，當時這裏是臨時救護站。」

聽着張志樂的話，王莉想像蕭紅患病逃難的情景，在烽火戰亂裏，虛弱的身體、敏鋭憂傷的心靈。

「骨灰在哪個位置呢？」

「我也想知道，可惜下落不明了。」

「下落不明？」

「對，聽說是埋在一個小坡下，但小坡經過翻修，具體的位置沒有人知道。」

「真可惜。」

「不過也有另一個說法，是在校園裏的某棵影樹下。」

「影樹？我知道！又叫鳳凰木，會開紅色的花。蕭紅……紅花……有意思，真希望這個說法是真的。」

「詩人廖偉棠寫過一首詩，叫〈聖士提反女校花園：蕭紅藏骨灰地〉，詩裏第一句便提到鳳凰木，這是實景，也大概是很自然的聯想吧。」

王莉站在校門前，隔着鐵欄張看，想要找到蕭紅的骨灰在哪裏，但陽光下深深的影子彷彿把這秘密藏了起來。

「還想去下一站嗎？」張志樂忽然來到旁邊，比她高出一個頭。

「其實我要回家預備工作紙。」

「那我不阻你了……」

「不不不，」王莉深深呼一口氣說，「我才不要為了一份工作紙糟蹋週末。」

「真的沒問題嗎？」

「嗯，文學散步是很難得的事，我覺得自己變回學生了。」

這句話逗得張志樂笑起來。

離開埋葬蕭紅骨灰的地方，回到般含道，走到港鐵西營盤站C出口，有一條下山的樓梯。往下走時，一隻停在扶手上的灰黑色鴿子，轉着圓圓的眼睛。王莉覺得牠在盯着自己，不由得離遠一點，不敢靠近扶手。

「你怎麼了？」張志樂留意到她的舉動說。

「沒什麼，我有點怕鳥。」

「怕鳥？」

「嗯，是不是很奇怪？」

「不會啊，挺特別的。」

特別？從沒有人這樣說。他倒是一個奇怪的人。

「真的嗎？」

「每個人都獨一無二，有什麼奇怪不奇怪的，發掘和尊重這些差異，展現每個人不同之處，也是寫作班會教的事。」

「我以為寫作班是教作文的。」

張志樂又笑了，笑的時候像孩子。

他們沿着樓梯走到東邊街，張志樂停在路口，攤開右手像一個引路人，把王莉的視線引到一座建築物上。

「歡迎來到鬼屋。」

「鬼屋？啊，我知道，是高街鬼屋。」

「對，其實不是鬼屋，是一八九二年落成的國家醫院宿舍，到了一九三九年，由於精神病院牀位不足，所以才將它由宿舍改建成精神病院。建築屬於早期的巴洛克式建築，外觀優雅，設有寬闊的拱形遊廊和粗琢的花崗石外牆。現在活化了，變成西營盤社區綜合大樓，只留下L形的花崗石立面，這面向着東邊街，另一面向着高街。」

「看起來很宏偉。」

「很有氣派。」

「為什麼又叫高街鬼屋呢？」

「因為香港淪陷時，日本人把這裏用作刑場，被殺的人多，人們覺得這裏怨氣重，加上從前的人對精神病並不認識，以為患病的人都是被鬼附身，所以便流傳一些靈異故事。」

「現在燈火通明，」王莉從正門往內看，「正氣得很呢。」

「我們往這個方向走。」張志樂説。

「這條就是高街吧？很長啊，兩邊也看不到盡頭。」

「你的想法跟胡燕青相反。她曾經住在附近的西邊街。在她寫的散文〈高街〉裏，説到『高街極短，只夠得上一次認真的散步』。」

「不一樣，她住在這裏，對高街已經很熟悉了。但高街對我來説是陌生的，充滿新鮮感。長是它給我的第一個印象。」

「你説得對。作家的看法只是參考，我們可以有自己的觀察和想法。她還説，高街雖短，但『人情斑駁，史趣鏗鏘』，散步的人不會寂寞。」

「那我們也散步吧。」

「我們不是一直在散步嗎？」

這次，王莉走在前面，兩人背着高街鬼屋。張志樂跟她談起胡燕青的文章，文中的高街像一把又鈍又厚的劣刀，無法把般含道的半山貴氣，和第一、第二和第三街的市井氣息斷然切開。在胡燕青筆下，這種混雜成了高街的特質。

王莉聽着，想像自己走在刀口上，但它並不鋒利，反而是親切的。她沒讀過〈高街〉，不過跟般含道的人多繁忙比較，高街確是清靜多了。到了這刻，她才真正放下找房子和工作紙帶來的鬱悶。

景觀變得開闊，從右邊看到高樓大廈的縫隙間，有一線海。張志樂説，這是正街，香港斜度最高的街道，又被人叫作長命斜。

「看，不興建電動扶手電梯不行。」

王莉沿着斜路往下望，看見有街市、超級市場、許多的商店。一些鴿子停在街市上，享受陽光。王莉希望牠們不要飛過來。她又看見山下的一線海，藍藍綠綠的，像一條領帶。她還想起地產經紀的話，這是一個便利的社區，近年還興建了地鐵站。他還沒回覆我，到底業主肯不肯減租呢？

過了正街，沿着高街繼續走，剛才從東邊街到正街的那一段，多是住宅和修車公司，但這一段兩旁多是餐廳和咖啡店，格調高尚，予人一份閒情逸致。高街果然混雜半山和山下的氣息。

「我們又回到西邊街了。」張志樂説。

王莉停在路口張看，對，又看到了「西邊街」的牌子，剛才吃飯的咖啡店就在對面馬路，而旁邊則是那座灰石教堂。

「剛才沒注意到它呢。」

「這是救恩堂，建於一九三二年。仿哥德式風格，建材包括混凝土和石塊，有一座三層高的塔樓，而二樓教堂的羅馬式圓形橫拱則支撐金字屋頂。現在是一級歷史建築。」

「四周的大廈都比它高，但它給人的感覺特別宏偉。」

「我也有這種感覺，可能也跟教堂的神聖感有關吧。胡燕青的〈高街〉也提到它，文中有一個故事。某個下雨天，一位老人家手上挽着鞋子來到教堂，牧師問她為何不穿鞋子，她説捨不得穿。牧師又問，那為何要帶鞋子來呢？老人説，因為不能不穿鞋子朝見神，等她洗過腳便會把鞋子穿上了。」

「那時的人可能只有一雙鞋吧？」

「應該是了，下雨天穿容易把鞋子弄髒，還可能弄破呢。」

「但還是要帶鞋子來穿，因為心裏有一份敬意。」

「大概是這樣吧。看看那邊。」

王莉朝張志樂指的地方看過去，一座紅磚建築物。

「剛才我也有經過，英皇書院。」

「沒錯，英皇書院對面有另一座教堂，是中華基督教禮賢會香港堂。這兩座建築物，胡燕青在另一篇文章〈西邊街〉曾寫過。」

「她寫了兩篇文章，一定很喜歡這個地方。」

「寫〈西邊街〉時，她的兒子還小，喜歡看窗，做母親的也跟着看，看到的是英皇書院古舊而神氣的容貌、停在英皇書院黑色屋頂上的小鳥。而作者最喜歡禮賢會教堂傳來的鐘聲，那聲音深沉平和，但直達人的心靈。」

「真想聽聽呢。」

「除了碰運氣，你可能要搬到這邊住了。」

這句話是張志樂無意説出口的，但王莉聽了，不禁想，搬到這邊住到底是怎樣的一回事呢？充滿故事的長街、歷史感濃厚的建築，在這樣的地方生活，説不定會遇上好事。

本以為張志樂會往上走，到英皇書院和禮賢會教堂去，沒想到他卻轉身往下走，帶王莉到了第三街。

「想不想吃東西？」

「不是剛吃過飯嗎？」

「想吃東西的心情是什麼時候都會有吧？」

愛吃卻長得這麼瘦，真是怪人。王莉心裏想。

難道又有什麼餐廳或咖啡店嗎？王莉這樣想的時候，已見張志樂停下腳步，抬頭一看，原來是一家叫「齒來香」的小餅店。站在門外，也聞得見撲鼻的香氣，有蛋香、椰香，還有傳統糕餅的氣味。

店裏站着兩個買東西的人，加上熱情的大嬸店員，幾乎擠不下他倆了。王莉探頭去看，小店賣的是蛋卷、馬仔、豬肉乾……她不是很感興趣，還是比較喜歡西式的蛋糕、班戟或布甸。

「來！試一試。」

張志樂不知怎樣擠了進去，帶了兩條蛋卷出來。

「是暖的！」王莉接過了，有點意想不到。

「因為是人手即製的，老闆夫婦就在後面的小工場裏，用小機器捲蛋卷。」

王莉咬了一口，出奇的香脆，而且蛋味濃郁，還有淡淡的椰香。

「新鮮熱辣的蛋卷原來這麼好吃！」

「所以我每次來到都會買。」張志樂説着，手裏的蛋卷碎掉下來，落在藍色的球鞋上。兩個人都笑了。

他把買來的蛋卷、香蕉糕和合桃酥放進背包裏，跟王莉回到路上，由第三街轉入水街，再到皇后大道西。

「齒來香也有作家寫過嗎？」

「我想沒有吧，不過它開業四十多年，也算是難得。因業主加租搬過來，舊店是近正街的，二零一九年底才搬到這個新位置，在薄扶林道旁邊。」

「這也會是文學散步的一個環節？」

「會啊，就跟般含道的石牆樹一樣，除了歷史建築、文學景點，我也會帶學生參觀小店，嘗試傳統食品，邊吃邊發掘地區的故事。」

「是你自己想吃吧？」

「被你看穿了。」張志樂輕輕一笑。

他們經過聖類斯中學、石塘咀體育館和石塘咀街市，一邊是新建的單幢豪宅，依靠着細小的香港大學港鐵站，另一邊是一字排開的舊式大廈，樓下是各式小店。一個巨大的黑影忽然罩過來，擋住了刺眼的陽光。王莉抬頭看到在兩旁的大廈之間有一條行車天橋，很近，彷彿附近的住戶開窗伸手，便能摸到駛過的汽車。

「我們來到山道了。」

「我還是第一次來到這邊。有什麼值得看嗎？」

「有沒有看過《胭脂扣》？」

「看過。是李碧華的小說。」

「《胭脂扣》的電影呢？」

「這沒看過，是幾時的電影？」

「一九八七年，對你來說可能太舊了。」

「不會，那我要找來看看了。」

「電影有一幕在山道取景。」張志樂走到一個陽光照不見的位置，穿着黑衣黑褲的他彷彿一下子消失了，但王莉還可以聽到他的聲音。

「《胭脂扣》的女主角如花活在三十年代，但為了找回愛人，死後以鬼魂的姿態回到九十年代的香港，那時代距今又有三十多年了。」王莉一邊回憶小說的片段一邊說。

「對，在小說裏，如花和永定坐電車要到這邊的屈地街，車上如花四顧，想要尋找早已拆卸的太平戲院，談到大戲，永定才知道自己撞鬼，嚇了一跳。」

「我記得啊。小說讓兩個不同年代的角色相遇，藉此寫出城市的變遷。」

「不過一切都變了，就算是電影裏的景象也不復再，可能未變的只有山道和頭頂的天橋。劉偉成小時候住在這邊，每天沿山道上學，寫過一篇同名散文。山道有一個特色，就是跟其他以殖民者命名的港島街道不同，它就叫山道，用最質樸的名字告訴你：『我就是我』。」

天橋一直伸至德輔道西，當影子退去，陽光又回來了。王莉瞇上眼睛，看着天橋沒入大廈背後的那個方向。

「我們去最後一站吧。你也應該累了。」

「有一點啊。去哪裏呢？」

「去海邊。」

二人過了德輔道西，沿着山道，經過豐物道。王莉看見一座兩層高的小房子，外牆畫了彩虹、植物和七色的河流。她好奇起來，便問張志樂是什麼。

「我也不知道。」

他們上前看，原來叫聖巴拿巴會之家。用手機上網查資料，才知道是兩名基督徒於一九八七年成立的，專門服務西區及堅尼地城一帶的露宿者和貧困人士。

「原來也有你不知道的事情。」

「當然了，我又不是住這區的。」

「你住哪兒？」

「觀塘，你呢？」

「我住沙田。」

「為了什麼事來到這裏呢？」張志樂突然想起什麼，繼續說，「呀，對了，你教書的學校就在這區。」

「是啊，所以我今天來是想租房子的。」見對方沒接話便說下去，「每天由沙田返校，太遠了，浪費很多時間。」

「明白啊。我的生活也是這樣，每天到不同的學校教寫作班，近的可能去油塘，遠的還會到天水圍，大部分時間都在車上。」

「你不會覺得浪費時間嗎？」

「沒辦法，我可不能搬到學校附近去住。」

「如果是這樣，你要有很多個家才行。」

「再者，有時間浪費也是一種幸福吧。」

王莉覺得這說的太對了，自己正是沒有時間可以浪費的人，今天跟他文學散步，晚上便不知要做到幾點才能睡覺，甚至需要徹夜不眠。

她以為最後一站會是什麼歷史建築，沒想到是一片臨海的空地。住在沙田，又忙於工作，她很久沒到過海邊了，便不顧身邊的張志樂，快步走過去看。海變換着深淺不一的藍色，在陽光下反射細碎的白光，對岸是昂船洲，也可以看到尖沙咀。往返離島的渡輪橫過，拉着白色的長尾巴。雖然天氣又曬又熱，但海風帶來了平衡，吹走一身溽熱。剛才還為着沒有時間而納悶，此刻心情一下子變得舒暢。

「這地方真不錯，有人在散步、溜狗，但又擺放着貨櫃和裝貨的木板。」

「這是西區公眾貨物裝卸區。不過附近的人都把它當作公園。」

「這不是很好嗎？香港缺乏這種開放的空間。」

他們一邊談着，一邊走在碼頭上，彷彿要走出海中心。王莉留意到，貨櫃上有各樣的塗鴉，既有看不懂的文字，也有藍色的人臉、哆啦A夢、象徵和平的圖案。有人在釣魚，有人拍照打卡，有小孩在踏單車，在棗紅色的貨櫃前，甚至有攝影師替一對穿禮服和婚紗的新人拍照。

「為什麼要帶學生來這裏？」

「正如你說的，這種公共空間在香港太少了，讓學生來感受一下，不好嗎？」

「好啊，我還以為有作家寫過這地方。」

「有，劉偉成小時候住在西區，在〈西區舊物存照〉一文裏，他記述了跟堂兄在碼頭玩玩具飛碟的故事。」

說到這裏，張志樂停了說話，低頭四顧，好像要找什麼。

「你掉了東西？」

「不是啊。我在找汽水罐的拉環。」

「為什麼？」這個人又做奇怪的事情了。

「劉偉成寫到，玩具飛碟不小心掉進海裏，他便跟堂兄吵起來，後來堂兄靈機一觸，拾起汽水罐的拉環，把它拗斷成指環和拉葉兩部分，然後用拉葉插入指環的凹陷處，彈飛上天，它便像飛碟一樣飛起來了。」

「很有創意！」

「那年代的孩子都會自己做玩具的。」

「你也想玩嗎？」王莉被他逗得笑了。

「找不到拉環，膠樽的蓋子倒是多得很。」

「時代在變啊。」

兩人坐在碼頭的盡處，看了一會兒海，因為有海風，加上時間已經不早了，不感到特別熱。他們好像突然有了默契般，沒説話，只聽着海浪拍打岸頭的聲音。王莉想要讓整片海湧進心裏，她需要那份力量，去面對學校惱人的工作。

雖然並不十分肯定，但回程時，王莉相信自己得着那份力量了。預備工作紙要花不少時間，但難不倒我的，我一定能依時完成，令科主任滿意。

西區公眾貨物裝卸區旁，也有新建的中西區海濱長廊，張志樂説，沿着海邊走，便會找到孫中山紀念公園，並回到上環港鐵站那邊。王莉覺得新建的海濱長廊挺好看，每走一小段路便有椅子供人休息，還有洗手間。路上有追逐的孩子，有跑步的人，有人聊天，也有人默默地看海。

但是比較起來，她還是覺得西區公眾貨物裝卸區可愛一點。沒有到處張貼的告示：要注意什麼什麼、嚴禁什麼什麼，比較自由，而且不是規劃出來，而是人們自發，自自然然而成的，這正是難能可貴的地方。

「今天謝謝你啊。」王莉說。

不用半小時，他們便回到上環了。

「應該是我多謝你，陪我走了許多路。」

「已經不是學生的我，還可以參加文學散步，實在很開心。」

「那就好了。希望沒有阻礙你工作。」

「沒有，出來走走，放鬆心情，我反而感到更有衝勁了。」

「那有機會，我們在學校再見吧。」

「好啊，呀！你今天提到的文章，可以傳給我嗎？說不定日後教書我會用得着。」

「可以啊。我還未知道你的名字，只懂叫你王老師。」

「我叫王莉。草花頭，下面一個利字。」

兩人交換了手機號碼，又走了一小段路，找到了巴士站。王莉的巴士先來，她上了車，隔着車窗向張志樂揮手。那個黑色、瘦小的身影遠去了，一陣疲累便撲過來，她閉上眼睛，腦袋浮現出一片藍色的海，閃着白色的碎光。

巴士轉入干諾道西，手機的震動把她拉回現實，她張開眼睛，看到亮起的熒幕上，顯示地產經紀的訊息。

* 因應 Covid-19 疫情，西區公眾貨物裝卸區已二零二一年三月一日起封閉，公眾須出示有效安全卡或工作證方能進場。

文學作品列表：

廖偉棠 〈聖士提反女校花園：蕭紅藏骨灰地〉，《和幽靈一起的香港漫遊》，香港：Kubrick，2008 年，頁 20。

胡燕青 〈高街〉，《更暖的地方》，香港：牛津大學出版社，2006 年，頁 59-65。

胡燕青 〈西邊街〉，《彩店》，香港：匯智出版有限公司，2001 年，頁 28-37。

李碧華 《胭脂扣》，香港：天地圖書有限公司，2022 年。

劉偉成 〈山道〉，《持花的小孩》，香港：匯智出版有限公司，2007 年，頁 1。

劉偉成 〈西區舊物存照〉，《翅膀的鈍角》，香港：匯智出版有限公司，2012 年，頁 201-203。

二　香港中文大學

上午十時十分，王莉上完兩節課，捧着課本和文具回到教員室。這時候的教員室沒有太多人，只有幾位空堂的教師，有人埋頭工作，有人坐在一塊，低聲聊天，大聲朗笑。

沒有人留意她，即使她掉了筆袋，發出「啪」一聲，撿拾時又差點弄跌另一位老師放在案頭的教科書。沒有雙眼看向她，也沒有耳朵朝這邊轉過來。她回到自己的座位，那工作間是臨時闢出來的，又擠又窄，桌子下堆着不屬於她的雜物，連多放一雙鞋子的空間也沒有，因為在影印機旁邊，經常要忍受機器運轉和紙張窸窣的聲音。

她放下書簿和文具，伸伸懶腰，接下來有一節空堂，可以改簿。那張小桌子快要被學生的功課淹沒了，雖然未到死線，但遲遲不發還給學生，她心裏過意不去。不過在改簿前，她需要一杯咖啡。

工作間跟茶水間，在教員室的一頭一尾，一路走去也沒有人留意她。有時候，她覺得自己像透明一樣，只有同為助理教師的區芷晴會跟她聊幾句。想着這些的同時，她撕開濾掛咖啡的包裝袋，把掛耳扣在杯子上，添熱水。一陣咖啡香氣升起來，舒緩緊繃的神經。

咖啡香令人陶醉，她甚至沒注意到外面傳來的電話聲，直到教員室有人大叫：

「王莉老師在嗎？」

「我在這裏！」她捧着杯子，探身出來説。

「校務處找你。」剛才埋頭工作的楊老師搖一搖手上的話筒，又放回電話機座上説。

王莉連忙回到自己的座位，放下杯子，拿起話筒：

「喂？」

「王莉老師嗎？曾老師不舒服請了假，請你現在到三零四室3C班代課。」

「現在嗎……」她看着桌子上的功課簿。

校務處的職員已經掛線了，只有電話的空音回答她。

她有點沮喪，但明白到這是助理教師的工作，隨傳隨到，替正式教師善後。這有什麼辦法呢？我必須努力，等到成為正式教師的一天。咖啡沒有時間喝了，只好呷一口，深呼吸，捧着大疊功課簿，步出教員室。

讓3C班的學生自修，自己改簿，同時要維持秩序，所以並沒有很專注。改了兩份，便聽到鐘聲響起來，她和學生們都鬆了一口氣。

再次回到教員室，看見同事區芷晴窩在狹小的工作間，偷偷摸摸地對着電腦，敲打着鍵盤。

「你在看什麼見不得光的東西嗎？」王莉突然來到她背後問。

區芷晴被嚇得叫了起來，但同樣沒引起其他老師的注意。

「沒有，我在做功課。」

「改功課？」

「做功課，教育文憑的功課。」

雖然不同院校，但區芷晴跟王莉一樣，半工讀，還有一年才能考得教育文憑。

「唉，我也有功課，但還沒做呢。」

「你剛才有課嗎？」

「要代課。」

「誰走了？」

「曾老師。」

「那個天天只吃麪包的肥女人。」區芷晴反白眼說。

「嗯，有點羨慕她，可以請假休息。」

「我也想請假回家做功課。」

「我要先去借書，然後才能動筆。」

「死線是幾時？」

「還有兩星期，今個週末一定要去借書了。」她把功課簿拋到桌上，看着已經變涼的咖啡，歎了口氣。

五時半離開學校，回到沙田的家，已是七時以後，吃飯，與母親聊幾句。母親知道她快要搬走，表面沒什麼，但話語間略帶不滿。她避開這個話題，洗澡，九點鐘坐在書桌前，先要備課，然後繼續批改學生的作業。

這夜心情有點鬱悶，她打開手機，在教育文憑同學的羣組裏抱怨幾句，然後翻看一些無關痛癢的留言。她打開了與張志樂的聊天串，那天到西營盤文學散步後，他傳過來幾篇提及過的文章，還發了一張照片給她。

照片裏有她向海的背影，是在西環公眾貨物裝卸區拍的。第一眼看到這張照片，她有點生氣，這個人竟然偷拍我？但多看幾眼，又有點喜歡這張相，覺得幸好有他拍下來了。由何時起，自己的生活裏只剩下工作？

這時，聊天串的訊息向上移，一個新訊息傳來了：

「這個星期六一起去文學散步嗎？」是張志樂。

他看到我在線，如果不回答，好像過意不去。於是，她便回覆說：

「對不起，星期六我要去借書，然後做教育文憑的功課啊。」

「不要緊，有機會再約吧。」

「好啊。」放下手機，又拿起來多問一句：「你今次去哪裏文學散步呢？」

張志樂已經下線了。

關上手機熒幕，打開電腦，翻開教師用書，明天第一堂課要教的是巴金的〈繁星〉，第一次教，什麼都要從零開始，學校裏的資深老師從不會跟新人分享教材，就像藏起自己的武功秘笈。沒辦法，只好靠自己了，工作就像繁星那麼多，再不快點，明天又要熊貓眼。

「中文大學。」手機熒幕又亮了起來。是張志樂。

王莉連忙拿起手機，有點興奮地回覆：

「我就是在中文大學唸教育文憑。」

「那你是要回去借書嗎？」

「嗯，再不借書，我便沒有資料寫文了。」

「要不要一起去？」

未等到回答，張志樂又補上一句：

「會阻着你吧？」

「不會。」她想了一想，「好啊，一起去。」

拿下手機，她又回到狹窄、清靜的睡房，怎麼跟張志樂聊天，總會令人忘記工作的煩惱和壓力呢？就像走到街上，而不再困於小小的工作間或房子裏。中文大學和文學散步，究竟有什麼關係？

星期六是個多雲的日子，藍天偶爾在雲的裂口現身。王莉到了大學站的A出口，張志樂已經到了，低頭看書，甚至不知道王莉來到了身邊。王莉乾咳兩聲，他才如夢初醒，合上書，有點不好意思地說：

「對不起，我不知道你到了。」

「我也是剛剛到。你在讀什麼書？」

張志樂讓她看一眼封面，令她大感意外：

「沒想到你會看日本漫畫。」

「好好看啊。我們走吧，去坐校巴。」

張志樂還是走得很快，王莉按着小手袋的帶子追上去，上了二號巴士。車廂令她想起中學時代去旅行時會乘坐的旅遊大巴。

「我還是第一次坐校巴。」坐下來後，王莉說。

「真的嗎？」

「嗯，平時我都去何添樓那邊上課。」

「由大學站直接走過去？」

「對。這輛巴士去哪裏的？」

「我們會先去新亞書院。你本科不是在中大唸的？」

「不是，所以對中大一無所知。」

「不怕，我來做導遊。不過今天的行程，只會走中大校園的一小部分。」

「坦白說，我沒想過中大會跟文學散步扯上關係。」

「一所大學跟文學扯上關係很正常吧？」

「說得也是。」王莉覺得自己好像說了蠢話，便閉上了嘴。

校巴經過王莉熟悉的何添樓、學生飯堂眾志堂，由於是晚上兼讀的緣故，她下班來到中大已是傍晚，建築物在路燈的照射下，幽暗又瘦削。現在看到白天的景物，感覺建築物都飽滿起來，輪廓清晰可見。

何添樓方方正正，由白色、淡藍色和淡紫色組成，給人一種務實、優雅的感覺。最特別是向着池旁路的淡藍色立面，開着五個角窗，好像一座瞭望塔。這是王莉上學的日子沒注意到的。

巴士轉往山上，風景漸漸被路旁的樹木遮擋了。在枝葉間，她發現原來中大有這麼多地方，巴士在善衡校園停下，她看到網球場、飯堂，還有竹子後隱約隱現的建築物。

巴士繼續上山，經過一座建築物，發現外牆由五顏六色的窗子拼湊而成。

「這很好看，我之前都沒留意。」

「這是逸夫科學大樓。」

「紅、橙、藍、綠、灰，還有白，這麼多顏色的窗子，還以為是藝術系大樓。」

「這些不同顏色窗子拼湊出來的形狀，靈感來自化學的元素周期表。」

「是氫、氧、碳什麼的嗎？我都全部還給老師了。」

「看到這個設計會令我想，科學和美學，甚至其他學科都是相通的吧？」

「是啊。」王莉若有所思似的輕輕點頭

巴士很快便到山頂，二人在新亞坊下車，這位置風比較大，吹起了王莉的長髮，在張志樂眼中，像一股水墨潑開。

「你的頭髮很長。」張志樂說。

「還沒有時間去剪。」

「不過很好看。」

「謝謝你。」

「我們到了新亞書院。」

「這是目的地嗎？」

「不，我們要去一個垃圾場。」

「垃圾場？」

「去到你便知道了。」

垃圾場？這個人真古怪，應該是開玩笑吧。

走上巴士站旁邊的樓梯，三座建築物呈現眼前。張志樂簡單介紹，新亞書院的設計是以面前的錢穆圖書館的軸線為中心，延展對稱的空間，左邊是人文館，設有新聞與傳播學院、書院辦公室及人類學系，而右邊的誠明館是行政樓，也是藝術系學生上課的地方。錢穆圖書館收藏藝術、日語和中文文學書籍。

他們走入錢穆圖書館旁邊的小路，王莉便被一個有趣的風景吸引。

「這……好像羅馬鬥獸場？」

「不是鬥獸場，是羅馬劇場。這叫圓形廣場，是學生辦晚間音樂會、戲劇表演的地方。」

一共十二層的半圓形階梯，也是座椅，與不遠的半圓校友碑相對，構成一個圓形的露天廣場。最高的一級階梯背後，也鑲着牌子，寫着畢業生的名字和畢業的年份。王莉在這些名字前慢慢走過，好些名字已是六、七十年代的了。

「小思寫過一篇文章叫〈校園風景〉。」張志樂跟在她後面說，「其中有一段說：『我一一細讀，重回農圃道的歲月，水塔下風聲鳥鳴，遙遠而朦朧。』」

「農圃道不是在土瓜灣嗎？」

「對，其實新亞書院最早的校舍設在深水埗，五四年搬到農圃道，六三年才搬進沙田的。」

「所以有些畢業生是在農圃道舊校舍唸書。」

「有這個可能啊。她文中的水塔還在。」

「水塔？」

「看你的前面。」

王莉看一眼他，再朝着他指的方向看，果然有一座淺灰色的石塔，上寬下窄，像一根釘子，又像「丁」字。它比樹和山還要高，融入了同樣灰色的天空，但表面的攀緣植物，讓它暴露出來。

「這個塔線條剛直，叫君子塔，另一邊的聯合書院還有淑女塔。兩座塔儲存鹹水、淡水，供應書院各部門的日常需用。」

小思的文章沒錯，果然有風聲和鳥鳴。不過，王莉有點擔憂，怕有鳥飛出來。她緊跟在張志樂背後，走了幾步，便看到一個懷舊的鐘樓，方形的鐘框、圓形的鐘面，四面都可看到時間。

「你看這個鐘，有點可愛。」

「你也留意到？這叫天圓地方鐘，是新亞書院的標記。」

「中國傳統的天圓地方觀念？難怪鐘框是方形的，鐘面卻是圓形的。」

「正是這個意思，聽說是建築系學生設計的。」

沿着小路走，經過學生宿舍學思樓，這些都是七十年代的建築物，跟錢穆圖書館一樣，講究實用，設計簡潔耐看。再往前走幾步，便到了一個觀景亭。

「到了。」

「這怎會是垃圾場呢？」王莉感覺被作弄了。

眼前的觀景亭，有一彎新月型的水池，圈着大樹，池水流到池邊，悄悄溢出，回到池裏，並跟遠處的海平面在視覺上等高，看似合二為一。不少人已經佔據有利位置拍照，一些看似是學生，另一些則明顯是遊人了。

「這個角度很美。」王莉也忍不住掏出手機。

「這是合一亭，是新亞書院一個打卡熱點。」

在她面前，池水就像海的延伸，從遠方湧進來。而池水上，則有旁邊榕樹的倒影，海、池、天、樹，融為一體，真有合一的意境。

「天人合一說的，就是儒家學說的核心觀念，意謂人道、天道相通不隔。」

張志樂也拿出手機來，不知道是拍風景，還是拍王莉。

「你為什麼叫它垃圾場呢？」

「那是張曉風的文章〈垃圾堆與天人合一〉提到的，她說這個山頭本來是堆雜物的，後來為了記念錢穆先生，建築師陳惠基便造了這個觀景亭。」

「這簡直是化腐朽為神奇。」王莉抬頭看着觀景亭的玻璃蓋子說。

所謂的亭子，更像一個巴士站，由兩片長玻璃組成，一片直立，一片遮空，亭與牆之間，還有幾叢竹樹，綠意盎然。

「你說得對。據說池邊的榕樹一直在這裏，在張曉風筆下，它是池水的戀慕者。她說：『那大樹又宛似一個謙抑安全的戀慕者，雖站在近處，卻不企圖干擾什麼——除了影子，它只求池水容納它的影子。』」

張志樂走到池邊，與王莉並肩而站，池水裏便有了兩人的倒影。

「池水很包容，也容納了我們。」

王莉用手機攝下了池水中的倒映，這便是他們第一張合照。

然後，他們走到池邊面向吐露港的走道，景色一望無際。

「寫過這景色的還有童元方，在〈天人合一亭〉裏，她形容：『遠望過去是一片遼闊的藍色的海水，再遠望過去是幾乎細成一線的青山。』另外，王良和也有一篇〈吐露港填海〉，在他筆下吐露港是一個古典而文靜的少女，穿着淺藍的長裙，但因着填海的緣故，裙子也短了。」

雖然天色有點灰，海水不藍，青山不綠，但遼闊是說得沒錯。同樣是海，跟西環碼頭的又有不同，在這高度，青山和小島都縮小了，這遼闊的景象，似乎容得下無數的心事，王莉真想把工作和搬屋的煩惱一一拋出去，讓它們沉沒，從世上消失。如果沒有其他人在場，她還想向着這天和海大聲吶喊。

離開合一亭，張志樂想起什麼，問王莉說：

「我記得你怕鳥，是嗎？」

「嗯，是啊。」他想捉弄我嗎？

「那貓呢？」

「不怕，還很喜歡。中大有貓嗎？」一聽到有貓，她便高興起來。

「有，我們去碰碰運氣。」

「好啊。」她忽然覺得張志樂走得不快了，很輕鬆地跟上了他的腳步。

張志樂說，有貓出沒的地方就在前面，果然，沒走幾步，便到了一個儲存石油氣的小屋子，旁邊還有一個堆放雜物的、貌似垃圾站的地方。

「這裏有貓？」王莉有點不敢相信。

張志樂停下腳步四顧，沒有發現，便轉到小屋子後面，那邊有一個小山坡，長了許多勒杜鵑，紫紅紫紅的。王莉跟着他，看到地上放了一張報紙，報紙上撒有貓乾糧，大概一米外，有兩個塑膠碗子，盛着水。

「貓沒有來吃。」她有點失望地說。

「可能已經吃飽了。」

「運氣不好。」

正想離開，王莉眼角看到有什麼動了一下，抬頭，竟看見一頭橙貓伏在小屋子的屋頂上。

「這裏！」她高興得叫起來，指着貓要張志樂看。

「原來還可以在這種地方嗎？」

橙貓本來閉上眼睛，頭枕着前腳，聽見王莉叫聲，便豎起耳朵，尾巴搖得厲害，很不耐煩的樣子。

「太可愛了。」王莉不懂貓的肢體語言，拿出手機來拍照。

「走路時眼看前方是沒錯，但有時好奇張看，說不定有驚喜的發現。」

「尤其是找貓咪的時候。牠們懂得跳高，又可以鑽入狹窄的地方，總覺得牠們的世界比起人類的要立體得多。」

「有道理。不知道還有沒有其他貓？」

張志樂又轉到小屋子後方，查看山坡一帶。王莉沒理他，專心為橙貓拍照。貓咪也好奇起來，單起一隻眼睛，看着眼前人。她很久沒試過這般快樂了，真想貓咪跳下來，讓她可以摸。

張志樂不見其他的貓，回來了，見她不願離去，便站在一旁，看她也看貓。王莉忍不住，伸手去摸貓的尾巴，貓搖尾想要避開她的手，但她還是摸着了，高興地笑起來。

「你看！」張志樂突然指着前方說。

一隻黑白色的小貓從雜物房後走了出來，有着藍色的眼睛。王莉又高呼一聲，別了橙貓，追了上去，小貓看見連忙轉身躲回雜物房後，而橙貓則樂得清靜，重新閉上眼睛，睡牠的午覺。

「嗨！」張志樂追着王莉，「時間差不多了。」

「對不起，我們趕時間嗎？」

「是啊，要趕着吃東西。」

「你真的很喜歡吃！」

「吃東西也是文學散步的重要環節。」

「那快走吧，去哪裏？」

張志樂沒答她，逕自向前走了，咕嚕着什麼快三點啦之類的話。

他們往前走不遠，到了蒙民偉樓八樓的天台，一條由黃色磚牆砌成的走廊躍然眼前，王莉一邊走，一邊感覺進入了時光隧道。今天她也穿了黃色的連身裙，在張志樂眼中，就像融入了這個風景。看着看着，腳步也不由得慢了下來。

走廊的盡頭有升降機，一下子便到了大樓的底下，過馬路便是大學本部。張志樂帶她到醫學大樓裏的一間快餐店，到了門口，還不忘看一看手錶，下午二時五十五分，時間剛好。

「我們來這裏吃東西？」

「是，這裏叫李卓敏基本醫學大樓小食店。」

「名字很長。」

「所以沒有人會這樣叫，都叫它 Med Can。」

Med Can。王莉輕聲唸了一遍。

店裏佈置簡單，跟一般的快餐店沒兩樣，餐牌都掛在牆上，賣光了便換下來。有沙律、三文治、麪食、雞髀、雞翼、碟頭飯。王莉吃過了午飯，一時間想不到要吃什麼。

「我們吃什麼好？」

「檸檬批。」

「檸檬批？餐牌上沒有。」

「時間到了。」張志樂看一看手錶說。

隨即到收銀處買東西，一客檸檬批，多加一客煎腸粉。付了錢，握着收據回到座位，王莉這才看清楚，收據上並沒寫明買了什麼。

「這是這裏的特色。」張志樂看見她疑惑的表情說。

這裏的特色還包括領取食物的櫃台，有脾氣很壞的大姐，碰上說話不夠大聲、或說得慢的人，便會罵人。張志樂似乎頗有經驗，到櫃台前大叫自己點了檸檬批和煎腸粉，順利把食物帶回座位。

檸檬批的樣子跟王莉想像的不同，是方形的，餅底是粟米脆片，中層是黃色的，表面則是白色的忌廉。王莉用叉子從角落切出一小塊，張志樂則從另一邊的角落吃起。

「嗯！很冰。」

「感覺像吃雪糕吧？」

「這不是一般的檸檬批，味道很奇怪。中間一層像是綿綿冰，酸酸的，很鬆軟。怎麼有一陣洗潔精的味道呢？」

「有嗎？」張志樂又舀了一口吃，「真的有啊。」

「如果底下的粟米片沒變軟的話，應該會更好吃。」

「現在的甜品花樣很多，隨處都有，但這檸檬批，對於從前沒太多錢可以花的大學生來說，算是平民甜品。」

「說的也是，而且是中大獨有的味道。」

「跟 Med Can 一樣，走的是『大件夾抵食』的平民路線。近年大學裏多了一些連鎖集團經營的咖啡室和餐廳，競爭很大，但這裏還是很受學生歡迎。」

「連鎖餐廳吃得多會厭。」

「上次你說要找房子，找到了嗎？」

「找到了。那天在西營盤散步後，我上了巴士便收到地產經紀的短訊，說業主肯減租給我。我第二天便去簽約了。」

「太好了。已經搬過去了？」

「還沒，我訂的傢俬陸續送來了，現在每晚放工都要到新屋砌傢俬，很累。」

「新屋應該跟學校很近，你之後下班便會有多點時間休息。」

「有時間只會用來工作，休息太奢侈了。」

「快吃，檸檬批要融化啦。」

吃過帶有微酸的檸檬批，王莉的胃口又回來了，煎香了的腸粉上撒上芝麻、蔥花和蝦米，加上豉油、甜醬和芝麻醬，便變成了親切的人間美食，一下子便被收進兩人的肚子裏。

走出 Med Can，左轉便來到科學館。王莉發現，一個巨大的建築就在頭頂，底部有着鋼片琴似的線條，而兩邊都有一道旋轉樓梯，通往上面的樓層。她跟着張志樂，穿過頭頂的建築，來到了它的另一面，回頭便看見中文大學的校徽，由黃色與紫色繪成的鳳凰。

「我們剛穿過飯煲底。」

「原來這個便是飯煲，我聽說過，是科學館。」

「對，這個飯煲其實是科學館的演講廳。你看到它底部的線條嗎？」

「嗯，像鋼片琴的，一橫一橫。」

「其實來自上方演講廳的樓梯和座位梯級。」

「從這個角度看，演講廳好像懸浮起來呢。」

「是啊，這是粗獷主義的建築風格。」

「粗獷主義？」

「粗獷主義是現代主義的分支，源於五十年代的英國建築界，到了六、七十年代，在香港流行起來。由科學館一直到前面的大學圖書館，以及百萬大道兩旁的建築物，都出自建築師司徒惠的手。」

「我第一次聽到這個。」

「你看看大學圖書館、科學館和百萬大道兩旁的建築，覺得有什麼共通點？」

「共通點嗎？它們都是灰灰白白的，好像直接用混凝土建造出來。」

「觀察力不錯啊。」

「你把我當作學生嗎？」

「不是。粗獷主義的特色，首先是物料方面，喜歡使用毫無修飾的水泥和鋼鐵。另外在結構方面，你剛才說飯煲好像懸浮起來，便是粗獷主義的力的表現。」

「力的表現……」

「那是表現出結構力量的意思。」

「以科學館的結構撐起飯煲，使它看來好像懸浮着，展現結構的力。我有點明白了。」

「那我們繼續走吧。」

王莉看向前方，寬闊的百萬大道，兩旁種有大樹，把大學圖書館和科學館連接起來，在大學本部這裏，成為中央校園區的主軸，是不同慶典和活動舉行的地方。將來畢業，也會在這兒舉行畢業禮吧。

「我想問為什麼這裏叫百萬大道呢？」

「這個說法還不少呢。有人說大道用上一百萬塊地磚才建成。有人說是因為路面上的回紋圖案，象徵萬象重生。還有人說建這條大道花了一百萬。」

「這太誇張了吧！」

「這是出自王良和的文章〈百萬大道〉，不過他也提到很多學生對這名字的來歷並不深究。文中記述四年的讀書生涯，在這大道上留下的記憶，以及看到過的風景。」

「例如呢？」

「例如他和同學在圖書館門外的烽火台聊天，在雨中邊走邊數算地上的回紋格子。還有，文中說到他剛考上大學那天，就在這條大道上，拿着一張選課表，在這幾座大樓間奔走，趕着到指定的地點簽修必讀和喜愛的科目。」

「這一定是許多中大學生的集體記憶。」

「他還寫到大學圖書館的燕子。不過……」

「燕子？」

「對，就在前面，去看一看。」

「不要。」王莉停下腳步。

「我忘了你怕鳥。那去看看仲門吧。」

「是那傳說在底下走過便不能畢業的仲門嗎？」

「原來你也聽過這個傳說。」

「有唸中大的朋友跟我說過。」

百萬大道不長，但平坦、寬闊的路面，正如王良和文章說的，給人「空闊綿遠」的感覺。週末學生不多，大道兩旁的綠樹把外界擋隔，走在路上，份外清靜。

仲門就在大學圖書館門外，又叫智慧之門，構成一個門後有門的奇特景觀。王莉站在這座深灰色的巨型雕塑下，感到莫名的驚訝，它看來就像天然的巨石，樣子笨重，但其形態又出奇地帶着動感。她有一種從底下走過去的衝動，但想到不能畢業的傳說，便又不敢了。

「你覺得仲門的形狀像什麼？」

王莉退後幾步，認真地看着：「像一個小楷n。」

「是有點像，」張志樂也認真地想像，「其實它……」

「我知道，它是台灣雕塑家朱銘的作品。屬於『太極系列』，外形的靈感是兩個人在對招，有學術之間切磋砥礪的意思。」

「全對！」張志樂有點吃驚。

「我來之前也有做一點功課。你剛才不是提到建築師司徒惠嗎？仲門就是他捐贈出來的。」她有點得意地說。

「下次不如由你帶我文學散步了。」

「我還是跟着你到處逛好了。」她指一指仲門說，「你有沒有試過穿過去？」

「沒有。」

「你畢業了，今天便試一試。」

「不，你來試試。」

「我還要畢業啊。」王莉一臉痛苦的樣子。

「不用擔心，你過來這邊。」張志樂快步走到另一邊，「傳說總是有多個版本。有一說是向着大學圖書館方向穿過仲門，會得到一級榮譽畢業。試試看。」

「你不要騙我啊。」

「不騙你。你從這裏看向科學館。」

「這位置嗎？」

王莉嘗試站在他的位置，張志樂欠身，從後面搭一搭她的兩肩，把她固定好。她張看，科學館在天空和羣山下縮小了，但中大的校徽還是清晰可見。

「感覺像看一幅畫嗎？」

「畫？」

「王良和在〈百萬大道〉裏說，『偶然站在圖書館門外回望走過的路，只覺百萬大道像一幅畫，沒有人能走進去，也不會有人走出來，彷彿自己根本不曾在那裏走過，彷彿一直就站在圖書館的門外，千年獨立看一幅傳世的畫』。」

「我不大懂畫，」王莉認真地看着眼前風景，「不過我發現百萬大道和建築物的直線，和山呀、樹呀的曲線，竟然出奇地和諧。」

「經你一說，」張志樂站在她身邊往前看，「我也有這種感覺。」

「下次你記得把我的觀點告訴學生。」

「你說自己不懂畫，騙我呀！」

王莉正想反駁，天空竟掠過一個黑色的影子，嚇得她連忙躲在張志樂背後。

張志樂的目光追着那個小黑影，露出興奮的神情。

「是書鳥。」

「呀！真是鳥。」

「不用怕，牠們才不會傷害你。」

「不，我最怕鳥。」

「那我們走吧。」

王莉拉着張志樂的衣角，走到中國文化研究所旁，再從一條樓梯走下去。

「剛才的是燕子，書鳥是王良和起的名字。」張志樂邊走邊説，「牠們在圖書館的簷下築巢，你想像一下，許多捧着書的書生從圖書館出來，頭上書鳥飛來飛去，不是很有書卷氣息的畫面嗎？」

王莉才不敢想像這畫面，只能虛應着，走完那條樓梯，才放開拉着衣角的手。

「牠們不會追上來嗎？」

「不會，牠們情願在圖書館看書。」

「我也要去圖書館。」

「你要去哪一個啊？」

「崇基學院圖書館。」

「好，我帶你去。」

她以為要坐校巴下山，沒想到過了大學道，被帶到一條長長的樓梯前。這條樓梯看似隱藏在茂密的樹林中，一直通往山下似的。她還未問這條路可到哪裏，已見他率先下樓梯，跟平常走路一樣快，只好追上去。

走進這片綠色的空間，天氣彷彿沒那麼熱了，但是樹林裏傳出的鳥聲，不時令她緊張。走完樓梯，張志樂的腳步才停下來，原來樓梯下有一個園圃，既有陰棚，也有溫室似的建築。

「這是什麼地方？」

「是中藥園。我們來看看種了些什麼。」

「會有鳥嗎？」

「牠們寧願在樹上休息，你放心。」

「剛才本部的建築屬於粗獷主義，沒想到來到這裏，忽然變成中國風，古色古香，太有驚喜了。」

給王莉這種感覺的，主要是園內一個月洞門，門的兩邊還有門對，寫着：「春滿杏林　香飄藥園」。她邊走邊看標本園裏介紹草藥的牌子，認出了枸杞子、霸王花、麥門冬、射干，盡是些陌生的名字。其中一種叫貓鬚草的，最叫她感興趣，小小的花上，竟長出貓鬚似的白毛，非常可愛，令她忍不住用手機拍照。

中藥園很小，不經意便走完了，沿着樓梯繼續走，一邊是綠樹，另一邊是長滿青苔的山坡。四周因着樹影而變得陰暗、清涼，鳥聲被漸大的流水聲掩蓋，樓梯盡了，本來的水泥路換了石砌的小徑，一條小溪引領二人，直走到一條紅色的小橋前。

「沒想到中式的中藥園後，還有這樣詩情畫意的地方。」

「中大人都叫這裏做小橋流水。」

兩人走到小橋上，溪水在橋下形成水池，發出淙淙水聲。青石在水裏露出，落葉浮在水面，一時旋轉，隨水流到不知去向。

「相傳有兩個男生半夜經過這裏，遇到一個沒有臉的女人。」

「你想嚇我嗎？我才不怕。」

「不是嚇你，只是告訴你背後的故事而已。」

王莉沒答話，逕自向前繼續走。

「你怕吧？」張志樂跟在後面說，「我說別的好了，這小溪本來是天然的，後來因要興建教學大樓，而被人工改造拉直。這一帶沒有鳥了，但我見過蜻蜓和青蛙。想起來，中大也挺多生物棲息的。」

「還是貓最可愛。」

過了小橋，很快便穿過樹林，豁然開朗，來到一座教堂前。教堂正面舖上麻石，中間是大片玻璃窗，上面掛着十字架，外牆則用T字形的通花裝飾。張志樂沒多作介紹，只是說，這是目前全中國公立大學裏，最早和最大的一座獨立建築的教堂。

其實崇基學院禮拜堂，王莉並不陌生，附近的路她也認得。這是因為旁邊就是她上學的地方，例如陳國本樓、信和樓、何添樓。

「不知不覺來到崇基書院。」她有點意外，「沒想到可以從新亞書院走到這裏來。」

「下山的路比較好走，如果要上山便辛苦多了。」

「對啊。之前我只認識這一帶。謝謝你，帶我認識中大其他地方。」

「不用謝。你忘了嗎？我是來工作的。」

「帶學生來文學散步前，預先探路嗎？」

「是，你在這邊上課嗎？逢星期幾？」

「這個學期是逢星期一和星期四。你是中大學生，怎麼還要來探路？」

「因為會變啊，中大還好一點，變化不大。如果是其他地方，例如上次我們去的西營盤，半年一小變，兩年一大變。有些地景消失，有些小店冒起，不去探路不行。」

「說的也是。只怕地景改變太大，跟文學作品裏寫的完全不同了。」

「這是沒辦法的，所以我們需要新的作家和作品。你早上上班，晚上上學，一定很辛苦。」

「沒辦法。現在我的身份既是老師也是學生；作為老師我要處理學校的事，而學生的我，先要把功課做好。」

「圖書館就在前面，快到了。」

從何添樓旁邊的樓梯下去，轉左，很快便到了崇基學院圖書館。一輛校巴駛過，沿着池旁路，往眾志堂方向去了。

「我到了。」停在圖書館門前，王莉說，「你呢？還有下一站嗎？」

「我會到這裏。」說着，張志樂竟獨自走到馬路對面。

「你……去哪裏做什麼？」

「你也過來。」

這個人真奇怪。雖然這樣想，王莉還是跟上去了。

「進去前先看看圖書館。」

「我看過很多次啦。」

「有覺得它像威化餅嗎？」

「你又聯想到吃的東西了……有啊，建築呈長方形，還有許多窗格子。」

「那些是遮陽板。這座圖書館全名是中文大學崇基學院牟路思怡圖書館，採用典型歐美的現代主義設計，另一個特色是入口前的樓梯加上了天然石牆，與筆直工整的混凝土外牆形成鮮明對比。還有底部縮了進去，遠看給人圖書館浮起來的錯覺，在視覺上減輕了建築物的大小。採用類似建築方法的還有東京國立西洋美術館。」

「我這大半年來，從沒留意過這些事。」

「好了，我到未圓湖走一走。你要努力啊。」

「我一直覺得這名字很特別。」

「這名字指的是世事難圓，永遠無法達到盡善盡美。」

「這不是很可悲嗎？」

「但還是一樣要追求，正如崇基書院的校訓……」

「止於至善。」兩人同聲說。

然後忍不住，一起笑了。

「可惜聽到未圓湖，我想到的是沒完沒了的工作。」

「這也是世事難圓的一種反映吧。」

「嗯，我去借書了。」

「好，努力。」張志樂走了幾步，便又轉身說，「晚一點，我把剛才提到的文章傳給你。」

「謝謝張老師。」

「不要這樣叫我。」

「知道，張老師。」

張志樂反一反白眼，笑着走了。

一小時後，王莉捧着幾本參考書，來到未圓湖，走在曲橋上，回頭看圖書館的方向，才發現湖邊的樹，有點變黃了。大約到一月，才是賞紅葉的時候。但橙黃的樹，跟墨綠的湖水配搭，也是好看。這初冬的風景，告訴她不論是工作還是學習，要走的路還有很長。

* 於李卓敏基本醫學大樓經營逾三十年的小食店，因承辦合約完結，已於二〇二二年六月三十日歇業。

* 蒙民偉樓天台已改建，現為非開放場所。

文學作品列表：

張曉風　〈垃圾堆與天人合一〉，心田集，《明報月刊》，2009 年。

童元方　〈天人合一亭〉，《蘋果日報》，2005 年。

王良和　〈吐露港填海〉，《秋水》，香港：突破出版社，1991 年，頁 62-70。

王良和　〈百萬大道〉，《秋水》，香港：突破出版社，1991 年，頁 79-81。

小思　〈校園風景〉，《信報財經月刊》總第 318 期，第 27 卷 6 期，2003 年，頁 10-12。

三 灣仔

窗外傳來汽車的聲音，天已經黑了，王莉把沉重的電腦熒幕搬到桌子上，呼出一口氣，然後把電源線、數據線等接上。啟動電腦，畫面出現了，她用上次在中大合一亭拍的吐露港風景做桌布，每次看到它，心情總會平復下來。環顧新房子，小小的空間，書櫃、餐桌、工作桌、單人牀、窗簾、不織布衣櫃，暫時生活所需的都齊備了。

不過開放式廚房裏，還沒有食材和調味料，今晚只好再吃外賣。打開蓋子，發現擔擔麪早變涼了，不過沒所謂，新居入伙心情好，她到冰箱拿出啤酒，卡一聲拉開拉環，一邊咕嚕地喝下去，一邊看着窗外還未熟悉的夜色。

以後便要在這裏生活了，充滿故事的街道，在歷史洪流裏留下來的建築物，百年穿梭的電車，還有不少作家寫過的地方。從這裏沿着第二街走到學校，約十分鐘，她忽然對生活充滿期待，暫時忘記了工作的沉重。

手機響起，她回到工作桌前查看，是張志樂的短訊。

「傢俬都到齊了嗎？」

「到齊了。不過要買點吃的，廚房什麼也沒有。」

過了兩分鐘，熒幕再次亮起來。

「星期六我會去灣仔，有興趣嗎？」

「文學散步？」

「是。好像只有文學散步才會找你。」

「沒有其他朋友陪你去嗎？」

「也不是沒有。你來嗎？」

「好，我想認識港島區不同的地方。」

約好了時間和地點，王莉窩在梳化，大口吃起擔擔麵。吃完了，啤酒也喝光，她才想起要倒垃圾，這些事從前是母親做的，現在一個人生活，凡事都要親力親為。她把垃圾包好，拿到後樓梯，回來才發現錯過了母親的電話。

「喂。」她馬上打電話給母親。

「吃飯了嗎？」

「剛吃完了。你呢？」

「吃過了。不要太晚睡。」

「知道，我做完工作便會去睡。」

掛線後，她回到桌前，伸一伸懶腰，學生的默書簿、作文和工作紙，都等着她批改，這刻，她只想週末快點來到。

星期六，約了張志樂在灣仔港鐵站見面。王莉不喜歡坐港鐵，所以早出門乘坐巴士，比約定時候早到十五分鐘。下車站對面，有一個大球場，四周是商業大廈，雖然是週末下午，沒有上班的人潮，但還是十分熱鬧。

灣仔對她來説是陌生的，約朋友的話，多數會去銅鑼灣，那邊有更多的商店和餐廳，有時她也會跟朋友到金鐘的太古廣場吃下午茶。至於灣仔，印象中只有每年一度的書展，她才會來，除了會議展覽中心外，幾乎一無所知。

她沒想到張志樂已經到了，還喝着珍珠奶茶，這個人很愛吃，但卻長得很瘦，女生對着他，難免感到一點壓力。

「你這麼早啊！」

「啊？你也早到了。」

「我坐巴士來，怕塞車，所以早一點出門。」

「我來試試新開的珍珠奶茶店。」

「這家店的名字我還是第一次見。好喝嗎？」

「還好。我們走吧。」

「今天會到哪裏呢？」

「今天要去的地方多着呢。我們去探尋海岸線。」

探尋海岸線？還以為張志樂會像上兩次一樣，不等她，自己快步走，沒想到他竟然咬着膠管，留在原地，見她出神，便問：

「可以走了嗎？」

「走吧。」

他們從C出口走到地面，過了馬路，沿柯布連道走，頭頂是一條綿長的天橋，連接港鐵站A出口，一直通到香港會議展覽中心，還會經過入境事務大樓、中環廣場等。王莉認識它。

本以為第一站會到什麼歷史建築，沒想到張志樂停在一條大馬路前，對面便是入境事務大樓和税務大樓，許多巴士和汽車駛過，極為繁忙的街道，彷彿是連接着灣仔心臟的大動脈。

「是告士打道，每年去書展都會經過。」

「説起書展，便想起一位作家和他的詩。」

「誰？」

「可洛有一首詩，名字就是〈在告士打道上老死〉。」

「很慘的名字。」

「作者曾經在出版社工作，在忙碌的日子裏，尤其是書展前夕，常常都要加班，下班時天已經亮了。」

「他在這裏上班嗎？」

「應該是，又或者上班下班會經過告士打道吧。詩中說：『報攤的書頁開始翻動／天空在深藍與白色之間猶豫、的士的車頭燈，夜貓的眼睛／我撫摸牠的毛髮，牠就入睡／到我無力，也毫無睡意。』詩中的景象，既是天亮，又似黑夜，或者說對作者來說，日夜早已顛倒了。」

「我不太懂詩，所以他便在這街道上死去嗎？」

「當然沒死，」張志樂笑了，「是指生命在這樣的生活裏耗盡的意思。」

「我雖然忙，但日夜分明，不過在忙碌的工作或生活裏，耗盡生命這一點，我還是很明白的。」

「你看看四周，看到最多的是什麼？」

王莉環顧，有大廈，有車，有行人，幾棵點綴環境的樹。

「是大廈嗎？」

「沒錯，大廈的外牆呢？有什麼共通點？」

「玻璃幕牆？」

「對了，可洛在詩裏也寫到灣仔的日出，他說：『臨海大廈的玻璃幕牆上／
某一格窗透出白光，然後／慢慢亮起整個城市，就像我第一次把你看見。』」

說到最後一句話，張志樂直勾勾地看着王莉的臉。

「為什麼看着我的臉？」

「沒什麼，只是想起第一次看見你。」

「在學校走廊上……有什麼不同嗎？」

「頭髮長了，你還沒剪髮呢。」

「呀！」王莉沒好氣，「我找天會去剪的。」

為了換話題，她又說：「你帶過學生參觀灣仔嗎？」

「兩年前帶過一次，但近年灣仔變化很大……大概不只灣仔，整個香港都在急速轉變。」

「跟上次般含道的石牆樹一樣，突然便被人斬了。」

這時他們轉入了盧押道，到處都是酒吧和餐廳。

「那些逝去的風景，有些永遠消失了，有些被記錄下來。老灣仔也在不少作家的筆下重現過，例如黃碧雲在小說《烈佬傳》裏，寫到六十年代的灣仔，盧押道的酒吧、舊唐樓、修頓球場的觀眾席，這些都是小說人物活動的場所。舒巷城有一首詩叫〈灣仔之西〉，寫的是灣仔的酒吧，來了美軍戰艦停泊時、上岸尋歡的士兵，『十七八歲的黑髮姑娘／流完了眼淚／在生活的苦杯後面賣笑』。」

盧押道上到處都是酒吧和餐廳。張志樂的珍珠奶茶喝完了，便掉在路口的垃圾桶裏。過了馬路，便是王莉下車時看到的球場，看牆上的名字，原來是修頓遊樂場。她不由自主地走了進去，沒有人打球的球場，反而成了一個廣場，一條通道，讓行人通過，一些人坐在觀眾席上，有玩手機的，有聊天，有出神的，也有人披一件風衣，蜷縮起來睡覺。

「這個地方很奇妙，」王莉說，「四周都是高樓大廈，唯有這裏可以讓人坐坐、發呆。」

「這是灣仔少有的一處公共空間。你還未吃飯吧？我餓了。」

「嗯，去哪裏吃東西？」

「去一間五十多年歷史的餐廳。」

王莉好奇地跟着他，原來餐廳不遠，就在盧押道上，修頓遊樂場旁邊。店名一大個B字，叫Boston，波士頓。餐廳在二樓，略暗的燈光，綠色的卡座，頗有懷舊的味道。侍應安排兩人坐在窗邊，剛好看得見一段修頓遊樂場的觀眾席。

餐桌上，擺好了餐紙、紙巾和餐具。餐紙除了店名，還印有「Since 1966」的一行字，果然是五十多年歷史的餐廳。張志樂似乎很滿意這個位置，只顧看着窗外的風景，等王莉問他想吃什麼時，才回過神來。

「你吃什麼？」他反問。

「我吃A餐吧，香煎T骨扒配牛肝野菌汁。」她拿着精選午餐的餐牌說。

「我要吃鐵板。」

「不是晚餐吃的嗎？」

「有什麼所謂？」

招來侍應，王莉點了A餐和羅宋湯，張志樂則打開主餐牌選了火焰牛柳。這個名字令她好奇起來，探頭看，英文名是Beef Brochette Flambe，看似不簡單。

「什麼是火焰牛柳？」

「這裏的名菜。」

「你常常來吃嗎？」

「來過一兩次而已。」

「但這家餐廳一九六六年便有了。」

「我哪有這麼老？」

「我不是這個意思。」

兩人不約而同地笑了。

「修頓遊樂場俗稱修頓球場，比這餐廳更老，一九三四年便有了。修頓是當年輔政司的名字。那時候，這裏是一大片空地，圍着許多唐樓，從事體力勞動的人都來等候工作。到了晚上，修頓球場便變成大笪地，有人賣食物，有人表演，又叫平民夜總會，是小市民吃喝玩樂的地方。」

「跟現在完全不同。」

「這個新球場是一九八五年，港鐵港島線通車後重新修建的，符合現代運動場的標準。《烈佬傳》寫的修頓球場可不是這個模樣。」

餐包和餐湯來了，麵包暖暖的，王莉把它浸到湯裏，味道還不錯。

「剛才不是說到要探尋海岸線嗎？」張志樂說。

嗯。正在喝湯的王莉虛應一聲。

「剛才沒告訴你，告士打道那邊其實是六、七十年代的海岸線。」

「你的意思是出入境大樓、稅務大樓、會議展覽中心、演藝學院等地方，從前都是海嗎？」

「是啊，我們現在身處的地方，從前也是海。」

「我可沒想到自己在海上吃午餐。」

「這餐廳所在的地方是三、四十年代填海而來的。」

「你怎會知道這許多從前的事？」

「我本身對歷史感興趣，看書時讀到作者筆下的地方，便去找些資料，看看老照片。」

「你大學主修歷史嗎？」

「不，我唸中文系。」

「我也一樣。」

「所以做中文老師。」

「不，那是因為我前世殺了人。」

「殺了人？」

「前世殺了人，今世教語文。你沒聽過嗎？」

「第一次聽。」張志樂笑了，差點沒把湯噴出來。

「是我大學老師說的。」

「這太誇張了吧？」

「你呢？不做教師？」

「我沒想過。我不是說來過這家餐廳一兩次嗎？我是到附近見工，順道來吃飯。」

「見工？你以前做什麼？」

「做過教科書，也在書店裏賣過書。」

「我還以為你一直都是寫作班導師。」

「教寫作班倒是近幾年的事。」

「很羨慕。」

「有什麼好羨慕的？」

「自由嘛。」

主菜也來了，A餐盛在白色的方形碟子上，有配菜、意粉和澆上牛肝野菌汁的T骨扒，賣相不怎麼吸引。反而張志樂點的鐵板，令她充滿期待，但見鐵板上只有薯條和配菜，牛柳和火焰呢？原來是另上的，牛柳就在侍應拿着的長劍上，長劍上有一個小杯，閃着藍色的火焰，侍應先把牛柳沾點酒，放到鐵板上，發出吱吱的聲響，再把酒澆上，瞬間火光熊熊，王莉不禁「嘩」的叫了起來。

張志樂見火焰升起，便拿起餐巾擋在自己前面。說了一聲「快！」王莉這才意會過來，馬上照做。正當火焰要熄滅之時，侍應便澆上醬汁，頓時升起一陣白煙，醬汁亂跳，鐵板更是滋滋的響得厲害。

「很久沒看到這種吃法了。」王莉高興得笑個不停。

「應該有試過吧？」

「小時候有試過。」

「今天也試試吧。」說着，便切了一片牛柳給她。

醬汁略鹹，但半熟的牛柳火候恰到好處，外層有點乾身，但內裏嫩紅，也沒有經過鬆肉粉處理。

「為什麼你要做寫作班導師呢？」

「因為前世殺了人啊。」

「我認真問的。」

「讀大學修過寫作課，那時也會寫一點東西，投稿或者參賽。」

「得獎嗎？」

「那倒沒有，但有在文學雜誌發表過。我在教科書出版社工作時，有份負責設計教材、工作紙，你知道那些作文教材裏，有佳作示例嗎？」

「當然知道，我們也會用。」

「當時我便負責寫佳作示例，並製作跟作文有關的教材、簡報。有老師說我做得好，後來我辭職，他邀請我到校跟學生分享，之後還開班讓我教。」

「很好啊。」

「教了一兩次，他介紹我給其他老師，讓我到其他學校教班。久而久之，教寫作班便變成了我主要的工作了。」

「那是因為你教得好，他才會介紹你給別人。」

「不，我只是邊教邊學。」

「做老師的人不也是這樣嗎？」

「你呢？為什麼做老師？」

「剛才不是說了嗎？」

「你沒有認真答我。」

「我喜歡中文，喜歡文學，想學生也變得跟我一樣。」

「很有抱負。」

「理想是美好的，但工作了兩年，發現根本做不到。」

張志樂拿着刀叉，默默地聽。

「在學校要應付辦公室政治，要跟學生鬥智鬥力，回家有海量的作文、工作紙、默書簿，永遠也改不完。家長的電話一來便要接聽，隨時候命。有時星期六、日還要帶活動。不要說令學生愛上文學了，這大半年來，我連讀小說的時間也沒有。」

「感覺自己也跟文學愈來愈遠嗎？」

「是啊，一想起便很不開心。」王莉低下頭，看來很沮喪。

「即使再忙，也要留一點時間給自己。」

「我會，所以才跟你出來。」

「不會阻你工作嗎？」

「不，我也要喘喘氣。」

離開波士頓餐廳，從昏暗的環境回到街上，頓覺風景格外明亮，修頓遊樂場旁的大樹，隨風搖曳，為四周添上綠意。走到盧押道與莊士敦道交界，王莉被馬路對面的建築吸引了，在高樓大廈之間，竟冒出了一幢三層高的唐樓，灰黃色的牆身上，寫着「和昌大押」四字。

她知道大押就是當舖的意思，從前的人遇上經濟困難，便會把私人物品拿到當舖作抵押品，換取現金以解燃眉之急。

「這座建築物很不一樣啊。」

「是，」張志樂説，「這裏本來是相連的四幢唐樓，其中和昌大押更有超過一百年的歷史，最早可追溯到一八八八年。」

過了馬路，兩人停在這座老建築下，身旁路人如鯽。

「竟然保存到今日，太厲害了。我很喜歡走在騎樓下，感覺很涼爽，又不怕下雨。」王莉撫摸支撐着騎樓的方形石柱説。站在這裏果然特別清涼。

「這是二級歷史建築。在市建局完成保育和活化工程後，已變成集餐廳和商店的綜合式建築了。」

「能夠在鬧市中保存古色古香的舊建築很不錯。」

「但也有批評的聲音，例如活化後，天台變成了私人公共空間，有條件地向公眾開放，又不准市民在天台飲食。另外，文化人馬國明說過，當舖原是人們山窮水盡才會去的地方，現在竟然改建成高價餐廳，簡直是『攞景』，太涼薄。」

「說得也是，眼前明明是這麼漂亮的建築。」本想拍照的王莉放下了手機。

「在香港，活化失敗的例子還多着呢。話說回來，我們現在的位置，是一八九零年至一九三零年間的海岸線。」

「我們走過修頓遊樂場，便時光倒流四、五十年了。」王莉覺得不可思議，「灣仔到底填過多少次海？」

「五次。」張志樂指着前面的小街說，「走過這條街，便又倒退五十年。」

兩人穿過大王東街，來到皇后大道東。王莉馬上留意到對面馬路，有一座廟宇，建在大樹下，彷彿兩旁的高廈之間突然出現一個缺口，凹了下去。本來她對廟宇沒多大興趣，但張志樂卻走過馬路，來到廟門前。這是一座簡單古樸的廟宇，正門的石額上，用金色漆油寫着「洪聖古廟」四個字，屋頂有石雕和青瓦；廟內昏暗，有紅色、綠色的橫額和對聯、供奉在神明前的水果和鮮花，神像藏在看不清楚的深處，香火的氣味則清晰可辨。

「你說過了剛才那條街，便會時光倒流五十年嗎？」

「是，這裏原本是一八九零年前的海岸線，所以這間洪聖古廟，本來是向海的。」

「當時已經有了嗎？」

「對，建於一八四七年左右，在清朝咸豐十年，即一八六零年擴建過。現在是一級歷史建築。剛才走過的大王東街，『大王』就是『洪聖大王』的意思。」

「原來是這樣，我知道還有一條大王西街。在那邊嗎？」王莉指向金鐘方向。

「對，東與西只有一街之隔。」

王莉回頭看着皇后大道東上行走的汽車，對面街的商店，難以想像這裏本來是一片汪洋。由告士打道一路走來，原來都走在填海得來的土地上。這體現了城市的生命力，還是它吞噬一切的力量？抑或兩者兼具？今日，社會上對於填海還是存在兩種不同的聲音：贊成與反對，也許兩者都沒錯，問題是底線應該設在什麼地方，到那時候城市的擴張真的能停下來嗎？

張志樂準備繼續向前走了。她看見廟外立着紅色的牌子，寫有神明的名字，有她認識的太歲、包公、華佗和文昌帝君，也有陌生的名字，例如金花夫人和花粉夫人，主廟旁邊，還有一所望海觀音廟，「望海」二字印證了這地方曾經就在海邊的說法。

「我有沒有跟你說，我找到地方搬了？」王莉快步追上張志樂說。

「有啊，上次去中文大學的時候。是在西營盤嗎？」

「是，跟我工作的學校很近。」

「這太好了，搬屋的事忙完了嗎？」

「七七八八，基本的東西都有了。」

「你一個人住？」

「是的，什麼了？」

「沒有，只是隨口問問。怕不習慣嗎？」

「還好吧，忙起來，我便沒有時間不習慣了。」

「你可以養一頭貓。」

「我想呀，但沒有時間照顧牠。」

張志樂還想說什麼，王莉卻指着馬路對面說：

「你看那邊！」

她指的是一條光鮮、別緻的街道，夾在兩座簇新的住宅大廈之間。街上有商店、遊人、綠樹，跟灣仔許多的舊街不同，路面寬闊，設施新穎，令人有種到了外國的感覺。她馬上記起來了。

「這是利東街？」

「對，之前一度叫做囍歡里，你聽過嗎？」

「聽過，但那名字太庸俗了，還是叫利東街好。」

「利東街還有另一個名字。」

「囍帖街！我很喜歡謝安琪唱的那首歌。」

兩人過了馬路，來到利東街的入口，仿歐陸建築，一邊是著名的電動汽車旗艦店，另一邊則是格調高尚的餐廳。

「對，因為從前有很多做印刷，特別是印刷喜帖的，在這條街上開店。」

「因為那首歌，」王莉繼續說，「我才留意利東街的故事，但當時一切都過去了。我只能在網上搜尋，知道二零零三年市建局開始重建工作，受影響的利東街街坊於是成立關注組，希望能夠保留利東街的特色，以及他們生活多年而建立的社區脈絡。他們不但提出了香港史上第一份民間自發設計的規劃方案，還絕食抗議，但最終利東街還是清拆，變成了眼前這個模樣。」

「這裏從前是平實的小街，做街坊生意的，如今變成主題式豪宅和步行街，灣仔給人的感覺完全改變了。」

王莉也有類似的感覺，站在這個街頭，令人感覺置身澳門威尼斯人，或類似的為遊客服務的地方，跟附近環境格格不入。

「不知道街坊現在過得怎樣呢？」

「忘掉有過的家……」張志樂突然哼起《囍帖街》的歌詞。雖然輕聲地唱，但這樣溫柔的聲線，王莉還是第一次聽見，有點跟平時的他不一樣。

她接着唱下去：「小餐枱　沙發　雪櫃及兩份紅茶……溫馨的光境不過借出　到期拿回嗎？」

「等不到下一代　是嗎？」

等張志樂唱完這一句，他們已經離開利東街，沿着皇后大道東繼續走。只不過一個路口，景緻又截然不同。街上多人，王莉跟在張志樂身後，走進春園街，看到馬路兩旁的茶餐廳、理髮店、診所、文具店和賽馬會投注站，唐樓雖然殘舊，街景也不整潔，但卻充滿活力。名為金鳳的茶餐廳門外，人們排隊購買新鮮出爐的菠蘿包和蛋撻。那香氣真誘人，要不是剛吃過午飯，她一定會買來吃的。

「現在的春園街是上班族午飯時間找吃的地方，其實在香港開埠之初，這裏曾經有一座花園洋房，名叫泉水花園 Spring Garden，是英國商人顛地建造的。葉靈鳳在《香島滄桑錄》引述過英人約翰．魯夫的著作《香港的故事》，說到一八四一年，這裏有叢林，有水泉，風景跟其他地方的海濱截然不同，更像一種英國的風光。顛地大概是看中這一點，才在這裏建造花園的，到一八五三年左右，這裏才逐漸由華人聚居，春園街這個名字就是那時開始有的。」

她有一種感覺，春園街是給街坊生活的地方，而利東街則似是服務遊客的消費地帶。不過她也留意到，在上了年紀的唐樓之間，聳立着多幢新建的豪宅大廈，城市的景貌正急遽轉變，春園可能很快又要變了樣貌。

星期六的交加街很熱鬧，除了買菜的人，還有忙着拍照的遊客。這裏的商店不是街舖，而是朝行晚拆的排檔。王莉看到一些沒有開店的排檔，摺起來像一個綠色的鐵盒子，或郵箱。除了常見的賣衣服、食品和家庭用品的攤檔，還有賣玉器的（她不知道是真是假）、賣佛像的，還有代客改衣，甚至有一檔專門賣招財貓，她覺得有趣極了。然後，她嗅見海味的氣味，是蠔豉嗎，還是乾貝？或是兩者都有，在看不到盡頭的人潮深處飄過來。

一個外國遊客走開了，他身後的海味攤檔現身，在大廈投下的陰影裏，經過曬乾的海產仍透着微弱的光芒。張志樂拿起一條蝦乾，放在鼻子前嗅，老闆娘正忙着招呼買冬菇的老婦人。

「從前有太陽的日子，檔主會用一個淺笱箕盛海味，放着檔頂去曬，這樣曬出來的貨特別香。不過自從附近起了新樓，擋住陽光，便再也吃不到那種富有特別風味的海味了。」

王莉聽着，抬起頭看，一邊是尚翹峰等數十層高的新建豪宅，像一幅高牆；另一邊是幾層高的舊唐樓，以及還沒完全被遮擋的天空。

「其實這種擺賣的情況，從前春園街也有的。我忽然記起吳克勤寫的〈街市素描——春園街〉，文中記述九十年代排檔開到春園街，街上混雜着魚味、肉味、菜味，混合成一種沉澱過的霉味，加上熟食的香氣、海產的鹹味，雖然不討好，卻有一種市井的氣息。」

「屬於生活的感覺。」

「你怎麼知道？他就是這樣寫。」

「我也可以做作家。」王莉得意地說，「旁邊的太原街不是有攤檔嗎？」

「太原街何止有攤檔，甚至是一個商都。陳寧在〈太原街的聲與色〉裏，把太原街比作縮小版的太原，因其商業活動繁盛。當年還有人賣私煙和翻版光碟，路過時你會聽到他們在身邊耳語似地叫賣，聲音小得無可再小。」

他們走了一段交加街，由同樣擺滿排檔、更加熱鬧，有玩具街之稱的太原街轉出大路，回到皇后大道東。一輛巴士駛過，就像揭開一塊紅布，王莉看見對面馬路一座黑頂白身的小巧建築，比地面略高，要走幾級樓梯才會到蘋果綠色的正門。門旁寫着環境資源中心。

「這座建築物看來很有歷史。」

「這是舊灣仔郵政局，」張志樂說，「一九一五年啟用，已經超過一百年了。它是香港現存歷史最悠久的郵政局建築，也是法定古蹟。看起來像外國的小郵政局嗎？」

「有點像，在電影裏可以看到的那種，不過它那黑色瓦頂，則跟中國的建築一樣，還有大門的拱頂，兩旁的對聯，是中西合璧的設計。」

「在我眼中，這是比較成功的保育項目，歷史建築的外觀保留下來，沒有商業化。前面不遠的舊灣仔街市，命運完全不一樣。」

他們繼續向前走，經過了新建的、現代化的新灣仔街市，在幾幢顏色鮮豔的唐樓對面，便是舊灣仔街市。王莉在電視節目上也看過。它的正面有一個流線形的弧面，現在鑲了玻璃窗，裏面是精品店和餐廳，而上蓋則豎立着名為「壹環」的豪宅。

「它建於一九三八年，是三級歷史建築。」張志樂停在對面馬路，這個角度可以看到舊灣仔街市的正面和左側面。它的左側面跟正面一樣，有流線形的雨蓬，還開着長方形的窗，以及新造的通風口。

「我在電視節目看過，是什麼包浩斯建築，對嗎？」

「對，德國包浩斯建築，不過興建的是英國殖民工務局。包浩斯建築追求的是『形式源於功能』，就是建築物的設計應該是功能為原則，喜歡乾淨簡潔的線條，放棄了以前沒有實際用途的雕琢裝飾。即使到了今日，也一點不過時。」

「我覺得現在也很好看啊，外形有點像飛碟。相信改建前的面貌一定更好看。」

「我也是這樣想。小思曾經寫過信給它。」

「寫信給街市？」

「姑且叫做信吧，其實是一篇文章，題目是〈致灣仔街市〉。文中小思跟灣仔街市說話，談起作者的母親只會在大時大節才到灣仔街市辦貨，其他街市有的是雞鴨的禽糞味，但灣仔街市卻沒有，有的是濃濃的瓜菜味。有人說來自氣味的記憶是最長久的，我不知道對不對，但我們有照片和錄像，可以記下影像和聲音，而氣味和味道，大概還得靠文字來保存，雖然文字很有限。」

「我覺得這樣就夠了，如果有一天，發明出保存氣味和味道的機器，雖然很方便，但有什麼意思呢？文字有限，但留下想像的空間。」

張志樂停在舊灣仔街市的門前，現在裏面是冷氣開放的購物空間，不再是昔日沒有裝上大風扇，但也不見得翳熱的市場了。不論是禽糞味，還是瓜菜味，都只能依靠想像來感受。

他們過了馬路，走入石水渠街，上一條短短的上坡路。張志樂說，這是起點，又是我們今日行程的終點了。

「這是什麼意思？」王莉問。

「看！最後一站，藍屋。」

王莉早已聽過藍屋，但親眼看，覺得只是一幢唐樓，不過髹上藍色，除了向街的牆角掛着「林鎮顯健身院」招牌，有什麼特別呢？正想開口問，張志樂已經走進藍屋了。她跟在後面，看到大門寫着「香港故事館」。

小小的空間，卻看得人眼花繚亂。這邊有紅彤彤的豬仔錢罌，那邊有早已絕跡的打字機。門口旁邊還擺放着一個大銅壺，上面寫着「特效涼茶　清熱解毒」，連張志樂也看得出神。

「你想喝涼茶嗎？剛才已經喝過珍珠奶茶了。」

「這是楊春雷涼茶舖留下來的，可以的話，我也想喝啊。」

「很特別的嗎？」

「葉輝的〈春園街滄桑〉有提到，楊春雷特效涼茶早於上世紀初便在春園街營業，在一九七二年搬過一次舖，最特別的是他們獨沽一味，只賣廿四味，卻能經營三代，超過一百年。可想而知這杯廿四味有多『甘』。」

「我怕苦。」

「有人說喝起來像湯水，不難喝，不知道是不是真的，現在喝不到了。涼茶店結業後，這些大銅壺便交由香港故事館保存。」

館內還有昔日的撥輪電話、招牌、保溫壺、收音機，少不了的當然是藍屋復修前的照片，明明是懷舊物品，對王莉來說卻很新鮮，彷彿大部分都是新玩意。

王莉看了展板的介紹才知道，門外招牌寫着的「林鎮顯健身院」，原來是六十年代在這裏經營的，而它的前身，竟然是黃飛鴻徒弟林世榮姪兒林祖開設的武館。不但如此，這座一九二零年前興建的唐樓裏，還曾經開辦過鏡涵義學，專為街坊子弟提供免費教育，以及戰前灣仔唯一的英文學校一中書院，作為教師，她忽然發現藍屋與自己微妙的連繫，有種親切的感覺。

「覺得怎樣呢？」離開時，張志樂問她說。

「很特別啊！好像回到了舊香港。最有趣的，是藍屋本來不是藍色的，但政府為它的外牆髹油時，正好水務署剩下最多的是藍色油漆，所以才髹上藍色，錯有錯着，變成它今日的特色。」

「對，髹上藍色後，它便變得跟四周的唐樓不一樣了，久而久之人們覺得這隻藍色很特別，將它列為香港一級歷史建築，逃過被拆命運。」

「加上香港生活館定期舉辦的音樂會、放映會等活動，令人們連結起來，整個社區更富生氣。但是……」

「但是什麼？」

「你剛才為什麼說這是起點，又是今日行程的終點？」

「藍屋是最後一站，那就是終點。」

「那起點呢？」

「我說這裏是起點，有兩個原因。第一個原因是剛才提到春園街，曾經有一個泉水花園，而泉水的源頭，就是石水渠街這個位置。這一帶可說是灣仔最早期的海岸線所在，」

「因為昔日這裏有水源，所以才叫石水渠街。」

「是，不過一九二零年代填平了。至於第二個原因，是香港文學散步其實是由小思首先提出，而小思就是在這裏——石水渠街出生。」

「這裏？什麼地方？」

「聽說是灣仔診所分局，已經不存在了。」

「原來你說的起點和終點，是這個意思……對了，我還想問一個問題。」

「問吧。」這時，他們沿着太源街一直走。

「這幾次的行程是不是你為了我編排的？」

「什麼意思？」

「上次跟你去西營盤，你帶我參觀聖士提反女子中學。然後又去中文大學，還有今次參觀藍屋，原來曾經是鏡涵義學和一中書院的校址。走過這些地方，想到從前的人不論教與學，都那麼努力，一代一代堅持下來，我就算工作多辛苦，壓力有多大，都沒有放棄的理由了。」

「你真的這樣想嗎？」

「是啊，你還沒答我。」

「我沒有刻意編排，何況去西營盤那天，我只是剛巧碰見你而已。」

「你跟蹤我。」王莉不懷好意地笑起來。

「沒有，你說到哪裏去了？」

「我開玩笑的。好啦，我明白了。不過還是要謝謝你，不但令我有藉口走出來透透氣，還不經意間，給我繼續教書的動力。」

在太源街結束的地方，是開闊、繁忙的莊士敦道，對面馬路就是修頓遊樂場，電車悠悠駛過，發出清脆的叮一聲。王莉到電車站候車，張志樂則步往港鐵站，短短幾分鐘的路程，便邁過了不同時代的海岸線。

文學作品列表：

可洛　〈在告士打道上老死〉，《幻聽樹》，香港：廿九几，2005 年，頁 104。

黃碧雲　《烈佬傳》，香港：天地圖書有限公司，2012 年。

舒巷城　〈灣仔之西〉，《都市詩鈔》，花千樹出版有限公司，2004 年，頁 64-65。

葉靈鳳　《香島滄桑錄》，香港：中華書局，2011 年。

吳克勤　〈街市素描——春園街〉，《文學世紀》第四卷，第九期（總 42 期），2004 年，頁 74-75。（參香港文學資料庫）

陳寧　〈太原街的聲與色〉，《八月寧靜》，牛津大學出版社，2018 年，頁 119-122。

小思　〈致灣仔街市〉，心田集，《明報月刊》，2009 年。

葉輝　〈春園街滄桑〉，《香港文學》總第 387 期，2017 年，頁 14-15。（參香港文學資料庫）

四　鰂魚涌、北角、炮台山

午後，課室裏響着冷氣機低頻聲，張志樂把已點評的習作，按着名字發還給學生。學生接過，讀着他用藍筆寫的評語（他不用紅色筆，因為他認為自己不是在改功課，而是藉着評語跟學生交流），有的在微笑，有的帶點困惑，有的看不出情緒，也有學生跟同學交換習作來看，傳來陣陣隱約的笑聲。

「很高興這幾個星期可以跟大家分享寫作的想法，希望課堂上學到的，你們都可以用在功課或自己的創作上。」

說了再見，學生逐一離開，待在外面的老師走了進來。

「謝謝你啊，我見這幾堂學生都很投入，有學生跟我說，上你的課不像中文堂那麼沉悶，他們很喜歡。」

「他們喜歡就好了，不用客氣。」

「有一件事，是這樣的……」老師有點為難地說，「這已經是第三屆寫作班，反應很好，其實我們都想繼續辦下去，但之前學校申請的資助用完了，所以來年不能再辦了，不好意思，日後學校申請到其他撥款，一定再請你來教。」

「是這樣啊，好啊，一定有機會的。」

「真的不好意思。我和曾老師都覺得很可惜啊……」

類似的話，在他離開學校前，老師還說了兩次。上星期，當一個學生知道寫作班即將要結束，還問他下一年會否再來教，他說應該會吧，心想已經教了三年。但是現實並非如此，他明白，這份工作本來就不穩定，一些學校可以合作三、五年，一些卻只合作短短的幾個星期；這是它的壞處，也是它的好處。

沿着行人路下山，路上還有不少上完興趣班或補完課的學生，有的一臉倦容，有的卻跟同學嬉戲、說笑話。電梯來了，學生匆匆跑進去，比賽似的。誰都不願走樓梯下山。他卻停了下來，看山下的街景，熙來攘往的英皇道，明亮的招牌，剛亮起的街燈，遠方天空夾在兩座高廈之間，變成了漸變的粉紫色。

他忽然想到，這間學校的寫作班要告一段落了，將來便很少機會來到這一區。附近到底有什麼地方值得一看，跟文學的關係又是怎樣呢？他掏出手機，發了一個短信給王莉。

兩週後一個星期六的下午，王莉來到鰂魚涌港鐵站C出口。她昨晚改作文改到半夜，睡得很少，遲到十五分鐘。張志樂一邊等她，一邊吃雞蛋仔。

「對不起，我遲到了。」

「沒有，我也是剛到的。」

「但你差不多全包吃完了。」

張志樂頓了一頓，「我吃得快。你好像很累。」

「嗯，睡得少。昨晚改作文，還沒改完。」

「『有時工作使我疲倦。』」

「什麼？」

「這是梁秉鈞的詩。」

「不是有時，工作時常使我疲倦。」

「那便對了，下一句是『中午的時候便到外面的路上走走』。」

「所以我們會看見鮮紅色的櫻桃嗎？」

「你讀過這首詩。」張志樂大笑起來。

「讀過，叫〈中午在鰂魚涌〉？」

「對，我們從梁秉鈞開始吧，附近是他過去生活的地方。」

「他住在這裏嗎？」

「他住在旁邊的民新街。詩中的風景有生果檔、籃球場、磨剪刀的老人和不同的店舖，都不是鰂魚涌專屬的景色，但詩的第一段提到了烟草公司和殯儀館……」

「殯儀館我知道！不是在前面嗎？」王莉沿着模範里走到英皇道，香港殯儀館便出現在右邊，藍白色的牆身，給人一種平靜的感覺。「哪有人會帶人來看殯儀館的？」

「沒辦法，既然有文學作品提到，無論如何都要看一看。我想到今天的主題了，就叫由死亡到重生吧。」

「我現在才知道我們出來散步是有主題的。死亡到重生到底是什麼意思？」

張志樂沒答她，把最後一顆雞蛋仔放進嘴裏。

「那你告訴我，〈中午在鰂魚涌〉第一段裏提到的烟草公司在什麼地方。」

「〈中午在鰂魚涌〉發表於一九七四年，我也不太肯定，但對着香港殯儀館正門的嘉里中心，前身就是香港煙草大廈。」

「很有可能。我記得劉以鬯的喪禮就是在香港殯儀館舉行。」

「是，除了他，在這裏舉行喪禮的作家還有金庸和林燕妮。」

「所以今天的主題跟死亡有關，那重生呢？」

「我們走下去吧。」

這個人真奇怪，不單愛吃，還愛說些莫名奇妙的話。

他們沿模範里，走進七姊妹道，平平凡凡的一條街，兩旁是餐廳、家品店、汽車維修店、工業大廈和健康邨。

王莉看見路牌，心想這街名真特別。七姊妹的傳說她聽過，相傳從前有七位金蘭姊妹，感情十分好，可惜三妹被父母逼婚，七姊妹都很難過，在三妹出嫁前一晚相擁而哭，並誓言寧死不嫁，不能同年同日生，但願同年同日死。於是牽手投海自盡，事後村民打撈不到她們的屍體，卻在潮退時發現海邊有七塊礁石，由高至矮排列，村民相信這是七姊妹的化身，便把礁石取名七姊妹石，而村子也改名七姊妹村。

「現在還有七姊妹村嗎？」想到這裏，她問張志樂說。

「你也聽過七姊妹的故事？七姊妹村沒有了，只剩下七姊妹道和七姊妹郵政局，以及董啟章寫的〈七姊妹道〉。」

「是一個鬼故事嗎？」

「不是，但也有提到一九一一年搭了『七姊妹泳棚』後，時常發生男泳客遇溺身亡的事件，相傳是七姊妹的陰魂作祟。」

「這根本就不合理，她們寧死不嫁，怎會變了鬼後想找男人呢？」

「董啟章大概也是這樣想，於是從女性主義角度，寫了另一個版本。這個版本的七姊妹同樣義結金蘭，結拜時的誓詞卻是『同年同月同日出嫁』，結果她們一起嫁給了七兄弟，但後來三弟因事要休妻，三妹深受打擊，投海而死，其餘六姊妹也隨着她葬身大海。那七塊石頭並不是七姊妹的化身，而是七兄弟在海邊苦尋妻子不果，最終化成了石頭。」

「這不但跟本來的傳説相反，也跟沙田望夫石的故事相反。」

「是，到了這個時代，為什麼不行呢？」

「有守候丈夫的妻子，也有守候妻子的丈夫。」

談到這裏，他們到了電照街，走過巨型的港運大廈，是一條清靜的小街——丹拿道。這也是一條常見的街道，有餐廳、便利店和地產舖。張志樂忽然停下來，指着對面馬路要王莉看。

王莉看見一個比路面略高的平台，有一條車路和一條樓梯連接路面，平台上種了不少植物，最顯眼的是幾棵棕櫚樹，平台後有幾幢住宅大廈。然後，她發現屋苑的名字低調地寫在棕紅色的牆磚上——丹拿花園。

「作家倪匡生前住在這裏。」張志樂說。

「衞斯理？」

「對，他的衞斯理科幻系列很著名。」

「小學時我也看過。」

他們繼續上路，王莉以為七姊妹道已經走完了，沒想到過了丹拿道，在琴行街轉左，又看到「七姊妹道」的路牌。她指給張志樂看，但他一點也不意外。

「七姊妹道是很特別的，不論是這裏，還是鰂魚涌的那邊，都有一段被分割開來，這一段被港運城切開，而鰂魚涌的一段則被模範邨切開。」

「這不就像七姊妹被拆散了嗎？」

張志樂想了一想說，「這樣的話便呼應着傳說了。」

來到了英皇道，跟內街簡直是兩個世界，行人踏着匆忙的步伐，巴士一輛接一輛地遮擋街景，好像電車也不敢慢行，發出令人急躁的叮叮聲。張志樂似乎不受影響，他常常在城市漫遊，已經習慣了吧？等綠燈時，王莉這樣想。

「看見商務印書館嗎？」張志樂指向對面馬路說。

「看見了。」巴士駛過，王莉才看得見。

「那是僑冠大廈，這條直街叫書局街，因為三十年代僑冠大廈的位置，前身是商務的印刷廠房。」

「啊……是我們的下一站嗎？」

「不，我們去新光戲院。」

她早看到新光戲院了，大型、傳統的霓虹招牌，還有醒目的粵劇海報，雖然她不認識海報上的名伶和花旦，但他們的眼睛黑白分明，像會說話似的，而且他們的服飾顏色鮮艷，都很漂亮。

兩人來到了大堂，走了一段路，這裏令人感覺清涼多了。天花板掛着紅燈籠、亮出黃光的球燈，大堂有票務部、影音店，少不了電影和粵劇海報，以及為祝賀演出成功而擺設的花束。

「你看天花板的球燈，覺得似什麼？」

「嗯……月亮。」

「劉偉成寫過一首詩，叫〈新光戲院．省略號〉，說頭頂上的球燈『彷彿是霸王自刎的血痕』。」

「詩人真有想像力。」

「粵劇舞台也是一個富有想像力的世界，就像他在詩裏寫到，劇中地大物博，江山多嬌，有深刻的故事，有牛鬼蛇神與地獄，是夢與現實接合的舞台。」

「現在說到夢與現實的接合，大概會想到電影。」

「時代在變……話說回來，這個地方一九七二年就有了，是香港的粵劇殿堂，又叫粵劇界的紅館。先後由多家公司接管經營，之前業主一度由於商業考慮，想結束劇院，但後來有投資者續約，投入千萬資金改善設施，一院可以容納一千人，現在不止演粵劇，還會辦演唱會，演舞台劇，播3D電影。」

「這是求變成功的一個好例子。」

「不但如此，他們還會上演一些新的劇目，例如穿時裝演的粵劇。」

「一定會吸引到不少人來看吧。」

「聽說還未收支平衡，不過方向似乎不錯。我們去看戲嗎？」

「看什麼戲？」王莉看一看牆上的電影海報，不大有興趣。

「不是看電影，是看大戲。以前大家叫粵劇為『大戲』，上演粵劇的地方不叫『劇場』，而是叫『戲院』，人們會說『去戲院睇大戲囉』，沒有人會說『去看粵劇』的。」

「那麼你看過大戲嗎？」

「只有在電視的籌款節目上看過，」張志樂想了想，「小時候我住在外婆家裏，她每朝都會聽收音機，我也一同聽大戲。」

「你們感情一定很好。」

「她很疼我。說起來，我也很久沒探她了。」

「帶她來看大戲。」

「她應該來過，有機會我會問她這裏的故事。」

由新光戲院走兩個街口，便來到海邊，這裏有酒店、商場、行人道和綠樹，以及商場上蓋的住宅項目。跟剛才走過的街道不同，既時尚又寬敞，井井有條，商場內有日式超市，品牌時裝店，令人有種置身東京表參道的感覺。

「沒想到你會帶我逛商場。」

「稍作休息吧，我想你也累了。」

「有一點。你也真體貼。」

張志樂不懷好意地笑。兩人在超市走了一圈，去了洗手間，散發了身上的悶熱，便離開商場，迎面而來的是碼頭和維多利亞港。

「帶你來這裏不只是休息，還有別的原因。」

「什麼原因？」

「這個商場，還有旁邊的酒店，前身是一個叫北角邨的地方。」

「是一個公共屋邨。」兩人坐在海邊的長椅上。

「還是一個有特別意義的公共屋邨。五十年代，香港大部分的低下階層，主要住在唐樓和徙置大廈，環境惡劣。直到一九五七年北角邨建成，為低下階層提供優質的居住環境，比起唐樓和徙置大廈，北角邨每戶都有獨立的廚房和洗手間，而且有間隔房間和露台，很多單位還看得見海景。當時北角邨曾被譽為『亞洲最壯麗的工程』。」

張志樂掏出手機，給王莉看北角邨的老照片。

「網絡就是我們的時光機。」他繼續說，「北角邨還有升降機、郵政局、社區會堂、商店，樓下就是巴士總站，一應俱全，形成一個自給自足的小社區，對香港日後的公營房屋發展影響深遠。」

其中一黑白照片，可以看到兩個小孩逛街上的小販攤檔，而背景就是北角邨的大廈。這張照片跟王莉對公共屋邨的認知很不同，她一直以為公共屋邨住滿老人，既冷清又殘破。但昔日的北角邨滿街小孩，充滿活力，什麼東西都像新的一樣。

「什麼時候清拆的？」

「二零零三年，之後一直丟空，到二零一三年才重新發展。我以前曾帶學生來北角碼頭，那時這裏還是地盤，沒想到轉眼變得這麼熱鬧了。」

「你帶他們來看重建的地盤嗎？」

「不，主要是看北角碼頭，因為梁秉鈞有一首詩寫過。你應該讀過吧？」

「〈北角汽車渡輪碼頭〉。」

「所以你猜到我會帶你來。」

「不難猜。」王莉得意地說。

不知道為什麼，王莉第一眼看到北角碼頭，便覺得它像貓咪伸懶腰時踢出來的雙腳，而東區走廊則是擱在上面的尾巴。如果她要寫詩，說不定會這樣寫。

而事實上，北角碼頭分東西兩翼，各兩層高，外表跟大部分公共碼頭一樣，樸實無華。東翼有船到觀塘，西翼則有往返紅磡和九龍城的航線。碼頭內有便利店、餐廳、賣海鮮的攤檔，一艘渡海小輪停泊着，等待渡海人。

「現在還有人會把車開到渡輪過海嗎？」

「有海底隧道之後，應該很少了吧。這個碼頭跟北角邨同時落成，那年代要過海，就只有坐船了。不過到了今天，運油車和運氣車等運載危險品的車輛還是會用到汽車渡輪服務的。」

「我記得梁秉鈞的詩，最後一句便提到有車子在這裏等待過海。」

「是，而且還提到輪胎廠的火災。那應該是一九七四年發生的事。」

說着，張志樂用手機打開〈北角汽車渡輪碼頭〉的檔案，跟王莉一起唸起來。

「其實我不太會讀詩，經常不知道詩人想說什麼。」

「這番話小心被學生聽到。」

「哈！我們教的詩都配有教材，寫清楚背景、主旨什麼的。」

「我想是因為讀詩時，我們會以為在玩猜謎遊戲，經常想猜出詩人隱藏的信息或主題，彷彿詩裏藏着什麼秘密。但詩不一定是這樣。有些詩寫的，可能是詩人觀察到、感受到的事物，這些日常、平凡的事，詩人怎樣梳理、呈現出來，他為什麼要這樣寫呢？〈北角汽車渡輪碼頭〉記的，除了輪胎廠的火災，其餘都是對城市的描述，沒有透露感情或詩人的立場。不過詩中有一個特別的地方，是正面與負面的事物共存，一個明顯的例子就是『油污上有彩虹』，油污是人為的污染，但彩虹卻是美好的事物……」

「還有『在柏油的街道上找尋泥土』，你看，『城市的萬木無聲』，而高樓投影在海面上，『總是如此幌盪不定』……彷彿城市和自然的景觀化成一體，沒法分出彼此。」

「你說得對，也許這就是詩人在生活裏，持續的觀察下，得出的城市印象。它既不正面，也不負面；城市與自然已融為一體，既複雜又多元，並非一個單一的面貌。」

「而且我覺得這是一個持續過程，就像最後一句說『來自各方的車子在這裏待渡』，一個未然的狀態，令人想到即使到了今天，城市與自然，城市的好與壞，都尚未定形。」

「那北角邨變成了北角匯商場，應該是一個合適的注腳。」

這時，幾隻麻雀飛來，搶吃外籍女傭掉在地上的麵包屑，嚇得王莉拔腿就跑。「呀！救命！我們快走！」

回到內街，人頭湧湧，路面上麻雀沒有可以駐足的地方。他們穿過馬寶道，來到了春秧街。夾在兩面的高樓之間，這條小街顯得特別窄，加上在路旁擺開的攤檔、買菜的路人，眼看沒有多少空間。

忽然，路上買菜的人不約而同地，向左右讓開，像分開紅海似的，開出了一條路來，往不遠處張看，便見一輛電車迎面而來，沿着路面的軌道，緩緩前行，車身發出咔嚓的聲音，加上熟悉的叮叮聲，把整條街都叫醒了。

王莉這才留意到這條街特別之處，就是行人竟走在電車軌上，而且兩旁大廈跟電車距離很近，彷彿伸手可及。等電車駛過，路人便回到馬路，潮水似的把街擠滿。而「大魚」則轉彎，停靠北角電車總站。

「電車就在我們身邊駛過，真是太好玩了。」

「這是春秧街的特色，絕無僅有。」

「我剛才還在想，你怎麼帶我逛街市……」

「這是春秧街另一個特色，有固定的攤檔，有臨時的小攤，結合了電車路和菜市場。」

「這麼特別的地方，一定有作家寫過。」

「有，你猜是誰？」

「……我不知道。」

「答案是小思，她有一篇〈春秧街〉，記下了剛才我們碰見的情景。」張志樂打開手機裏的檔案，再次啟動「時光機」，「她說『龐然的電車，幾乎逐寸向前挪移，買菜的男男女女，老老幼幼，『感覺』電車駛近，就把身子一側，僅可容寸，電車自他們背後緩緩——緩緩的路過，一切如此相安無事，遂成春秧街的一種風光』。但電車從我們面前來，又是另一番風味。」

「對，感覺很震撼！」

「小思的文章也提到賣乾貨和濕貨的攤檔，這般景貌今天還在。」

王莉張看，果然右邊是賣濕貨的，有蔬菜、水果，還有鮮肉店和食品超市，而左邊則是賣乾貨的，主要是衣服，還有玩具、手袋、行李箱。街上另一個特色，就是多個地方堆疊着白色的發泡膠箱，賣東西的人拆箱，拿出貨品後，便把發泡膠箱一個疊一個地堆起來，整整齊齊，遠看像一座小雪山。

快要走到春秧街的盡頭，又一輛電車駛進來了，那叮叮的聲音，就像歡送他們離去。

然後，張志樂帶王莉到了一條叫「月園街」的死巷，平平無奇，只見狹窄的街道兩旁除了一座新建的豪宅，便是五金或裝修公司，盡頭是麗宮大廈，給人一種殘舊、破敗的印象。

「歡迎來到北角的娛樂核心地帶。」

王莉再一次環顧四周，想要找出有什麼好玩的東西，卻只見街上的垃圾。

「這裏……我明白了！」她靈光一閃說，「這裏從前是北角的娛樂核心地帶。」

「猜對了。月園是五十年代初的一個主題公園，當時號稱遠東最大，除了機動遊戲，還設有戲院和夜總會。」

「竟然曾有一個這樣的地方……」

「到了一九五二年，遊樂場易手，改名『大世界遊樂場』，又過了兩年，便逐步改建成住宅，變成一個住宅區了。」

「可惜啊。你看！這是旋轉木馬！」王莉忽然叫起來。

張志樂一看，什麼旋轉木馬，不過是泊在路邊、用黑布蓋着的電單車。

「這個是碰碰車。」她指着兩輛手推車說。

「你真有想像力。那過山車一定是從那裏衝下來吧。」

他們一同看向那座竹棚，大概是工人為了維修大廈簷蓬搭起來的。

沿渣華道走一個路口，左轉入電廠街，便來到皇都戲院。外牆已被圍板遮蓋，但還是能看到白色的牆身，開着黑框的小窗，還有紅黑色、弧形的正門。張志樂帶王莉橫過英皇道，從稍遠的距離看這座舊建築。

「剛才說到北角的娛樂核心地帶，自然不能不提皇都戲院。現在的戲院都設在商場裏，但從前的戲院多是一座獨立的建築物。你留意到什麼？」

「那弧形的立面是門口嗎？我看到一大塊好像雕刻的東西。」

「對，那是浮雕，是皇都戲院的其中一大特色。」

「但我看不懂浮雕上有什麼。」

「這面浮雕叫『蟬迷董卓』，來自《三國演義》的故事。出自畫家梅與天之手，不過日久失修，已看不清內容。後來，我找到一九五二年的《華僑日報》，刊登了一篇講評，原來梅與天雕刻出聯合國佳麗，中心人物是一位正在高歌的希臘女神，手拿代表音樂的七絃琴；圍繞着她的有緬甸、泰國的舞姬，發揚東南亞不同民族特有的風土，還有一位表演芭蕾舞的女郎，代表西歐的舞蹈。」

「一九五二年的報紙嗎？」王莉有點驚訝地說。

「是，它在一九五二年便落成了。不過當時叫做璇宮戲院，又是另一個故事了。」

「我還留意到它的屋頂，中空的，有點像魚骨。」

「你太棒了，這是皇都戲院的第二大特色，但那不是魚骨，叫桁架，是用鋼筋水泥造的。簡單來說，當年的設計師用這套桁架結構支撐建築物，打造出一個無柱的劇院空間，讓觀眾看戲時視線不會被支柱阻擋。更特別的是設計師竟然把這結構曝露人前，外露於屋頂。它的桁架和屋頂受到國際保育組織 Docomomo International 的稱讚，譽為世上獨一無二。」

「真特別，可惜這個角度看得不大清楚。」

「現時皇都戲院正在重修，相信要幾年的時間，唯有先看網上的照片了。」

「等它完成重修，我一定要來參觀。」

「那你要得等了。不如去 café 坐坐吧。」

「你又餓了嗎？」

「我是說話太多，有點口乾。」張志樂扁一扁嘴。

「謝謝你用心、詳盡的講解。」

「那你請我喝咖啡嗎？」

「可以呀。」

他們在堡壘街找到一間咖啡店，木做的門口和地板，外面放了兩座棕色的皮沙發，掛一盞黃色小燈，給人舒適、溫暖的感覺。等了大約十分鐘，才有座子。走進店內，便迎來撲鼻的咖啡香，兩人面對面坐在雙人桌前，點了蛋糕、Latte 和 Long Black。身邊有食客的笑聲和輕語。

蛋糕和咖啡都用一個圓角的托盤盛着，加上鋪在木桌上的海棠花玻璃，是處處講究細節的咖啡店。

「剛才你不是說皇都戲院有另一個故事嗎？」王莉用叉子切下蛋糕的尖角說。

「我說過嗎……嗯，它的前身是璇宮戲院，一九五二年落成，當時香港還沒有大會堂，缺少文藝表演的場地。創辦人歐德禮投資興建了璇宮戲院，邀請了許多國際頂尖的樂隊、歌舞團來演出，除此之外還會放映粵語片，被稱為民間大會堂。」

「當年會去看音樂會的都是什麼人呢？」

「你看那建築的氣派，當然是上流人士了。璇宮戲院經營了五年，結業後易手改名皇都戲院，一九五九年開業。皇都最特別之處，是它屬於一站式的建築，不但設有戲院、商場，還有住宅單位，住客可以乘升降機到樓下看戲，跟今日住宅連商場的豪宅不遑多讓。戲院還播映過李小龍、許冠傑、成龍等的電影，除了粵語片，也有外國電影。你應該沒看過吧？」

「難道你看過嗎？」王莉說着，便又吃了一口蛋糕。

「我喜歡看李小龍。」說着，便模倣他用姆指摸一摸鼻頭。「皇都戲院經營到一九九七年，隨後改為打桌球的地方。不過商場部分繼續營業，有洋服店、髮廊、眼鏡店、唱片店、圖章店等，作家陸離寫的〈香港電影院巡禮〉，提到開場前可以到商場逛一逛，裏面迴廊轉處，四通八達，單是唱片公司便有兩間，而鞋店竟有十七家之多。簡直是愛鞋人士的天堂。」

「我有一種很奇怪的感覺。」

「什麼？」

「我們明明坐在這裏，但又好像不在這裏。」

「我不懂……」

「我們明明坐在這裏，但談着的都是不屬於這個年代的事。」

「明明是你問我的，怎麼又投訴了？」

「我不是投訴，而是覺得很有趣。跟你一起，有時彷彿活在另一個時空。」

「那……是好還是不好？」

「我想是好事，令我可以暫時忘卻這個時空的煩惱。」

「又想起工作的事了？」

「唉，我不要想！我不要想！」

「喂，怎麼蛋糕都沒了啦？」

「對不起，它太好吃了。」

張志樂裝作生氣的樣子，不再說話，拿起杯子喝 Long Black。王莉也暫時靜下來，兩人捧着咖啡杯，聽店裏悠揚的爵士樂。

喝罷咖啡，身上還殘留着咖啡香，沒想到回到街上，一旁又傳來了豉油和辣油的香氣。張志樂看到旁邊的店子名叫「麥記美食」，不由得眼前一亮。

「你是香港燒賣關注組組員嗎？」忽然彈出不着邊際的問題。

「不是。」王莉已經猜到他想說什麼。

「麥記美食曾獲得多年的米芝蓮美食推介，最著名的是生煎包。不過它令我想起周怡玲的〈北角燒賣〉，那時麥記還是一個大排檔，作者和同學坐在膠櫈上，圍着摺檯吃燒賣。文中說這家的精粹是醬汁，入口先是甜，後是鹹，最後是辣，辣勁會在舌苔蔓延。」

結果他買了十粒燒賣，邊吃邊沿着北景街向上走，路上很靜，一直走到清華街。

「既然來到這邊，我便想不如上來看看。」

「看什麼呢？」在王莉眼前，只有住宅大廈和車房。

「看這個，你聽過北角有小上海之稱嗎？」

「沒有……」王莉搖搖頭，「我聽過小福建。」

「成為小福建之前，北角先成為了小上海。上世紀五十年代，大量上海人逃來香港，聚居在北角。同時帶來了當時流行的 Art Deco 建築，你看，清華街的這幢唐樓，便是現時僅存的一間。」

王莉這才留意到清華街盡頭的唐樓，跟四周的建築物略有不同，只有五層高，米黃色的牆身乾淨、簡樸，最特別的是圓角露台，呈流線型，飾有簡單的橫線，令人得以一窺昔日上海摩登的面貌。

「圓圓的，很可愛呢。」

「到處都是高樓大廈，筆直的線條，但突然出現一幢嬌小，渾圓的建築，就像一頭小動物，的確是可愛的。」

「住在這裏也不錯，旺中帶靜，多走幾步到英皇道又很方便。」

「要不要再搬家呢？」

「不要，太麻煩了。」

「當年有不少作家住在北角，例如張愛玲、倪匡、司馬長風。」

「那北角是什麼時候變了小福建的？」

「是六、七十年代，那時大量福建人搬到北角，人口漸漸超過了上海人。」

「我突然想起一個地方。」王莉說。

「什麼地方？」

「走，我們去做文青。」

「剛才去 café 不是已經裝文青了嗎？」

「我們去做真文青。」

他們又回到英皇道，在英皇中心的地庫商場，找到森記圖書。這家書店跟大型的連鎖書店不同，並不光鮮，也不整齊，門外排列着木造的書櫃，還有堆滿舊雜誌的紙箱，牆上貼有新書的封面，滿雜亂的樣子。

「原來你帶我來森記圖書。」

「我最喜歡這樣的書店了！」

「為什麼？」

「書店就應這個樣子，到處都是書，堆得亂七八糟的，但到處都是寶藏，而且有人味。那些連鎖書店完全沒有這種味道。」

「太有見地了，完全同意。這裏不止人味，還有貓味。」

「這也是我來的原因。」

王莉馬上發現一隻三色貓躺在一個書塔上，斜着眼睛看他們。

「店主本是店員，後來接手了書店，已經四十年了。」王莉一邊撫摸貓咪的眉心，一邊說，「書店現時有過萬本圖書，不但有文學，還有漫畫。而且店主有自己的方式排列書籍，例如她會把錢鍾書和楊絳的書放在一起。」

「因為他們是夫妻。」

「對！按作者的關係來排列圖書，別出心裁。」

女店主不在，一名男店員正在把書上架。一隻黃貓蹲在青綠色地板上，對店裏的一切愛理不理似的；另一隻較瘦的黑貓，則來到王莉的身邊磨蹭，令她高興極了。店內貼有「請勿與貓玩耍」的告示，王莉記得店主説過，她不是想要經營貓書店，只是收留流浪貓罷了，希望客人來是為了書，而不是為了貓，

張志樂在歷史和文學的書架前徘徊，王莉則翻看一本又一本的小説，店裏的通道很窄，加上其他客人，兩人有時要欠身讓對方通過，不時會輕輕碰上肩膀或手肘。兩三隻貓躺在書櫃頂的貓窩裏，好奇地張看。

結果，張志樂帶走兩本書，王莉買了五本，因為太重了，都放在張志樂的背包裏。二人繼續行程，不知不覺走到了炮台山，同樣的英皇道，感覺卻比北角一帶慢一點、靜一點。

「最後，我們去看兩個獲得了新生的地方。」

「兩個？」

他們從英皇道轉入油街，左邊是著名的地標 AIA 友邦廣場，右邊是一座兩層高的紅磚小屋，既似被四周的高廈擠壓，但同時又撥開了一片稍為開闊的天空。

王莉知道，這一定是其中一個目的地，便逕自走到門口，看到「油街實現」四個字。

「這裏是油街十二號，油街實現是油街十二的諧音。」

「真有趣，這是什麼地方？」

「現在是一座視覺藝術展覽和活動中心。」

踏入門口，迎來是一片修剪整齊的草地，紅磚小屋則在一旁的水泥地上，與一棵大樹為伴。

「你看，」王莉指着小屋說，「紅色的磚塊，白色的水泥外牆，黑色的瓦頂，還有外露的煙囪和水管，簡直好像到了外國一樣。」

說罷，便舉起手機，尋找最佳的角度。

「這座主樓和旁邊的建築物，是二級歷史建築，前身是香港皇家遊艇會會所，已經有百年歷史了。」

「遊艇會？那從前是在海邊吧？」

「是，北角也經歷過多次填海。」

參觀的人不少，有來拍照打卡的，也有專誠來看藝術展覽的。張志樂跟着王莉，走到二樓的陽台，陽光把黑白相間的方形地磚照得發亮，而白色的木門、牆身和天花，也令整座建築更有溫暖的感覺。

「你說它得到重生，就是由遊艇會會所，變成今日的展覽場地？」

「是，建築物保留下來了，而且開放給公眾，在附近上班和居住的人也可以來。」

「多一些藝術場地也是好事。不要到處都『起樓』。」

「油街實現落成前，其實毗連的地方曾經是政府物料供應處大樓，丟空期間有藝術家租用，自發地組成了油街藝術村。只要政府多提供空間，放手讓藝術家去發揮，香港的藝術一定發展得更好。」

「藝術創作最需要的是自由。」

「說的也是，那邊便有一個地方聚集了一班藝術家和年輕人創作。」

「是自發的嗎？」

「是的。」

張志樂說的地方，跟油街實現只隔一條路，位於京華道，一座看上去有點殘舊的大廈，簷蓬還要用鐵柱支撐着。向着大街的舖位開着修車店、士多、寵物店，平平無奇的樣子。這地方真的獲得新生了嗎？王莉心裏升起這樣的疑問。

「這是富利來大廈，」張志樂彷彿聽見她心中的疑問，「有四十年歷史，一樓和二樓的富利來商場荒廢了很多年。」

說到這裏，他們已經來到大廈的正門，還是看不出什麼特別的東西，只有外露的天花喉管、大廈信箱、附近小店的易拉架、小心地滑的牌子，以及通往一樓的扶手電梯，感覺簡陋又老舊。

上了一樓，感覺完全不同，雖然商場的內部沒有翻新，但迎面而來是一條旋轉樓梯，非常特別。一樓的小店在經營着，燈火通明，令人精神為之一振。

「你不是說這商場荒廢了嗎？我以為你帶我去廢墟探險。」

這個建於八十年代的商場，比起新式的商場，樓底矮，通道狹窄，沒有時尚豪華的裝潢，但穿梭其中，還能找到其他有特色的小店，例如有賣手作飾品的，有賣露營用品的，環保再造衣物的，賣舊書的，又有紋身店，甚至是正在舉行展覽的小藝廊。

「這地方很特別，」王莉說，「它有衰老的軀體，但年輕的靈魂。如果不走進來，真的不會知道有這麼多特色小店。」

「還覺得它像廢墟嗎？」

王莉搖頭。

「我認為這種自發式，由下而上的做法，才能發展出真正的藝術和創意。」

「你愈說愈偏離文學的主題了。」

「沒有，文學可以跟其他創作、藝術形式交流。復活的商場是一個有趣的地景，可以成為文章的題材。我們還在梁秉鈞、小思等的作品裏，找到社區的故事。」

「我明白了，張老師。」

「談到廢墟，我記起了鄭蕾寫的〈島民生活〉，寫到這一帶幾乎隔數十米就有一條交叉的小街，例如水星街、木星街、蜆殼街，大街小巷裏有頗具心思與特點的食肆，還有書店，例如我們剛去過的森記。作者認為港島區到處有古老但鮮活的影子，是生長着的現代『廢墟』。」

「生長的廢墟，由死亡到重生，果然是首尾呼應啊。張老師很厲害。」

「過獎了。早幾天，有一間學校的老師跟我說，新一年不用我再去教寫作班了。」

「為什麼呢？」

「她說資助完了，大概是學校再沒有請導師的錢。」

「你在那裏教了很多年？」

「三年。」

「你一定覺得難過。」

「剛收到這個消息時，有點難過，覺得很可惜。不過，經過今次的行程，由死亡到重生，如果我是一座商場，現在只不過是空出了一個舖子吧，會很快有人來租用的。」

「一定會，空出來的時間，到另一學校教寫作，不是也一樣嗎？」

「是的，希望不用減租。」

「你這麼有經驗，加租吧！」

「無論如何，心情總算變好了。」

兩人走下旋轉樓梯，再沿扶手電梯回到商場入口。傍晚時分，陽光正好，微斜的光線，照亮路上的一切事物，延伸出「古老但鮮活的影子」，好像要繼續呼喚藏在香港島的新、舊故事。

文學作品列表：

梁秉鈞 〈中午在鰂魚涌〉，《雷聲與蟬鳴》，香港：文化工房，2009年，頁108-111。

董啟章 《地圖集》，台北：聯經出版公司，2011年。

劉偉成 〈新光戲院・省略號〉，《陽光棧道有多寬》，香港：匯智出版有限公司，2014年，頁44-45。

小思 〈春秧街〉，《香港故事》，香港：牛津大學出版社，2002年，頁29-30。

陸離 〈香港電影院巡禮〉，《中國學生周報》第632期，第1版，香港：中國學生周報編輯委員會，1964年。（參香港文學資料庫）

周怡玲 〈北角燒賣〉，《城市文藝》，總第115期，2021年，頁55-57。（參香港文學資料庫）

鄭蕾 〈島民生活〉，《城市文藝》第八卷，第五期（總第67期），2013年，頁25-26。（參香港文學資料庫）

五　觀塘

星期二的午飯時間，王莉掛着黑眼圈，對着工作桌上的電腦和飯盒。飯盒是學校小賣部提供，每天有三款，但很快會重複，例如星期二供應過的，可能星期四又會出現了，好處是如果你想吃某一款飯餐，不用等太久便可以吃到；壞處是，從來不會有你想要吃的飯餐。

王莉今天選了瑞士汁雞腿飯，這款飯上星期四便供應過了。跟上次一樣，瑞士汁太甜，飯太硬，好像剛從冰箱裏拿出來，忘了翻熱煮軟似的。她吃了兩口飯，把雞腿吃完，便蓋上飯盒擱在一邊。

其他同事還在吃飯聊天，同樣是中文組的張老師和梁老師，叫了外賣，一邊吃蟹棒沙律和班尼迪蛋，一邊談論着最近滿有人氣的電視劇。

王莉草草吃飯的原因，除了飯菜難吃，還因為她要趕在週末前，把測驗卷做好。測驗內容已經由其他老師預備了，她要做的是統一測驗卷的格式，這不是難事，但要調整的細節很多，非常花時間。而她還有很多其他的工作要做。

「王老師，」科主任蔡老師的聲音從背後傳來，「吃飯了嗎？」

「吃了。」王莉停下打鍵盤的手，轉頭看着蔡主任說。

「這個給你。」蔡主任把一張宣傳單張放在桌面，然後走回自己的座位。

「什麼來的……互動教材編製工作坊？今個星期六？」

「是，你去參加，回來再教其他同事。」

「吓，但是我……」工作坊地點還是離家很遠的觀塘。

「我替你報名了。」

「星期六我要……」

「這是大老闆的意思，有問題你跟他說吧。」

大老闆是指副校長。王莉感到進退兩難，她不想參加工作坊，但又不敢逆副校長的意。但這真是大老闆的主意嗎？還是蔡主任……她不敢想下去。張老師和梁老師聽完了她們的對話，便繼續閒聊，話題轉到星期六去健身房做瑜伽了。

五時半離開學校，在回家路上買了晚餐。肩膊上的環保袋沉甸甸的，有課本、學生的作文、工作紙和平板電腦。傍晚時分的第二街還算熱鬧，有剛下班趕着買菜的女人、忙着收拾的回收店工人，也有人在動物診所裏焦急地等待着；一些小店預備打烊，滅了燈，而一些食店則準備營業，廚房裏的香氣飄到街上。

西營盤家裏，只有基本的家具，不少東西還在箱子裏，未有時間佈置。等暑假吧，她心裏一直這樣盤算。家裏甚至沒有米，未買烹飪用的勺子，搬過來至今，每天都吃外賣，早餐吃麪包，只有咖啡是自己沖的。

她今天唯一的娛樂，便是吃晚餐時，用手機看張志樂傳過來的文章。有上次提過的小思的〈春秧街〉、梁秉鈞的〈中午在鰂魚涌〉，以及劉偉成的〈新光戲院．省略號〉。

〈中午在鰂魚涌〉最後一段頗觸動她，詩人說：『生活是連綿的敲鑿／太多阻擋　太多粉碎／而我總是一塊不稱職的石／有時想軟化／有時奢想飛翔。』面對沒完沒了的工作，她深深知道自己飛不起來，也不可能軟化，到底要如何成為一塊稱職的石頭？

飯後，把餐盒包好，連同垃圾袋一同拿到垃圾房。由於大半天都在學校，留在家裏的時間很少，沒多少垃圾。她從環保袋裏拿出作文和工作紙，互動教材編製工作坊的單張掉了出來，她歎了口氣，再看一次單張上寫的日期和地點。忽然想到什麼。

「你住在觀塘，對嗎？」她發信息給張志樂說。

「是呀。什麼事？」兩分鐘後得到回應。

「星期六下午有空嗎？」

星期六下午二時，王莉完成了工作坊，來到觀塘港鐵站D1出口跟張志樂會合。她沒猜錯，張志樂又在喝東西了。白色的，是什麼？走到跟前，看清楚原來是豆漿。

「好久不見。」張志樂向她揮揮手。

「不是很久吧？」

「差不多兩個月了。」

「你還沒吃飯？」

「吃過了，你呢？」

「我快要餓死。」

「要不要去吃下午茶？」

兩人離開港鐵站，經過一個露天巴士站，沿福塘道轉入翠屏道。路上，張志樂默默喝着豆漿，聽王莉訴苦。科主任有多無理、整理測驗卷有多麻煩、早上的工作坊無聊透頂，簡直是浪費時間……

說完了，她感到一陣舒暢，這才留意到剛走過香港歷史檔案大樓，來到了一迴旋處，圍繞着他們的，有灰白色為主，但配以棗紅和粉紅色的屋邨大廈。

「我們要去哪裏？」

「到了，這是翠屏邨。」

「你住在這裏？」

「不是，我才沒說過帶你去我住的地方。」

翠屏邨被翠屏道從中間斬開，兩邊有天橋連接。大廈建在平台上，下面則是露天商場，一下樓便可以買東西和吃飯，一個既方便又聰明的設計。他們在一間茶餐廳坐下來，王莉點了常餐，有沙嗲牛肉麵、多士和炒蛋，張志樂則點了奶醬多。

「因為今早你來觀塘上工作坊，所以想起我？」

「我記得你說過住觀塘。」

「我倒沒帶過學生來文學散步，沒想到今天有機會設計一條路線。」

「你隨意帶我走走便可以了，設計路線太花時間。」

「不會，我就當為將來的工作做預備。」

「那你豈不是應多謝我？」

「謝謝你，這一餐我請客。」

「不，我不要吃茶餐廳。」

張志樂好像被嚇了一跳，「那你想吃什麼？」

「我開玩笑而已，不用請我。」

「真的？」

「真的。但你為什麼會想到翠屏邨？」

「我找到陳慧一篇叫〈翠屏〉的小說，正是寫這個地方。」

「我喜歡她的《拾香記》，但沒看過「翠屏」這本書。」

「〈翠屏〉是短篇小說，收錄在《女人戲》裏。小說的女主角也叫翠屏，名字與這條屋邨相同。這個叫翠屏的女孩住在翠屏邨，與母親相依為命，由邨裏的一個單位，搬到另一個單位，投靠一位『叔叔』。這很特別，明明是公屋戶，但依然居無定所。」

「後來呢？」

「後來她和母親都分別跟過不同的男人，為的是離開翠屏邨。」

常餐的味道很平常，就跟在別的茶餐廳吃到的一樣，但感覺還要比學校供應的飯盒好。她一邊吃，一邊聽張志樂述說翠屏邨的過去。原來現時的翠屏邨由八十年代初重建而來，直到一九九九年才全部竣工。「翠屏邨」這個名字一九九一年才有，它的前身是「觀塘（翠屏道）邨」，建於五十年代，共二十四座七層高的徙置大廈。當時，附近還有許多寮屋，因為有人養雞，所以俗稱雞寮。

八十年代重建翠屏邨一事，在陳慧的〈翠屏〉裏也有提到。小說裏說：「翠屏天天在路邊看人家搬房子，樂此不疲，看得入迷。看的時候並且是思潮起伏、百感交集的，既好奇又厭惡，莫名地羨慕或憐憫，痛快着——翠屏想起不久之前，當房子一片一片地塌下，那些曾經在晚上出現的嚙咬聲，就成了殘垣敗瓦……」

張志樂在手機裏把小說的段落放大，王莉靠前來讀。她想，這份心情真複雜，大概也是當時翠屏邨人的感受，既厭惡又痛快。搬屋是世上最令人煩惱的事之一，她不久前才經歷過，但面對即將而來的嶄新又理想的環境，似乎也可以稱得上是一種甜蜜的痛。

離開茶餐廳，沿翠屏道繼續走。不知是否地方寬闊，還是居民都是在商場其他樓層或平台上活動，王莉感覺街上挺清靜的，跟觀塘市中心的繁忙擠逼並不一樣。剛才上完工作坊，碰上下班時間，工商廈區人滿為患，來到這邊才能放鬆神經。她把這個觀察告訴張志樂，同時說出自己的感受。

「因為今天是星期六。」張志樂說，「如果換作平日，還滿熱鬧的。雖然翠屏邨是一條老人邨了，但附近有多間中學，甚至有香港專業教育學院，所以平日午飯時間，一大班學生便會來這裏覓食，你要找座位也很難呢。」

「我想他們最愛吃譚仔。」王莉回頭看一眼剛走過的米線餐廳。

「我想也是。你喜歡吃嗎？」

「偶然會很想吃，但不要給我的學生知道。你呢？」

「我什麼也喜歡吃。」

「但你很瘦。」

「我們到了。」張志樂沒答她，停在一個公園入口說。

公園入口寫着「秀茂坪紀念公園」，銀色的欄杆、修剪整齊的灌木、常見的綠樹、給視障人士使用的黃色觸覺引路帶，一個由康文署管理的普通公園。張志樂帶她在公園裏逛了一逛，設施同樣的平凡，唯一特別的地方，就是有一條樓梯，通往小山上的地藏廟。這座紅色的小廟在綠樹中很是搶眼，好像要提醒人們它存在的這件事。

「覺得怎樣？」回到公園入口，張志樂說。

「我是不是忽略了什麼？」

「如果可以問一個問題，你會問什麼？」

「……為什麼叫秀茂坪紀念公園？記念什麼？」

「問對了。這個位置其實是昔日的秀茂坪安置區，住了近四百人，但一九七二年六月十八日，發生了一場山崩，七十一人死亡，五十二人受傷。歷史上叫六一八雨災，這個公園就是要記念這件事。」

「難怪公園裏有不少護土牆。」王莉恍然大悟。

「六一八雨災當天，據説山坡上一個供奉地藏王的山洞沒有被水淹，避過一劫。政府興建這個公園時，撥地重建地藏王廟，就是小山上那座廟宇。還有你提到的護土牆，負責監察斜坡的土力工程處也是這事後成立的。」

沒想到一個平凡的公園背後，有悲慘的往事。王莉看着灰白的天空，慶幸今天沒有一滴雨，現時大部分斜坡都變得安全了。他們向前走，經過觀塘瑪利諾書院，在翠屏道盡頭迎來了協和街，以及馬路對面的地利亞修女紀念學校。

過馬路，來到了雲漢街，一個美麗的街名，但街的一邊是變電站和垃圾站，另一邊是車房，泊着幾台電單車，還有等待換車輪的私家車。走進瑞和街，同樣有不少車房，還有人用手推車送石油氣。

走了一個街口，店舖的種類多起來了，有成衣店、髮廊、五金店，甚至遊戲機中心，茶色的玻璃上貼着足球和賽馬遊戲的海報，店裏昏暗，只看見閃爍的彩燈，傳來隆隆的、富節奏的遊戲聲效。

走到聖巴拿巴堂，瑞和街變得熱鬧起來，賣食品的店舖佔滿街道兩旁。王莉看到了鮮綠的蔬菜，嗅見海產的氣味，聽見叫賣和議價的聲音。買菜的人和路邊堆疊起來的發泡膠箱，令行人路變得水洩不通。但這裏不是北角春秧街，不能走到馬路上，因為不少私家車、貨車都沿着這條路往山下走。

張志樂的腦袋裏，儲存了許多文學作品似的，走進這樣一個市場裏，他記起了崑南寫的小說。

「那篇小說叫〈當陽光改變顏色之後〉，」他欠身給一個挽着購物袋的婦人，「描述了一條大街，雖沒指名道姓，但跟瑞和街也很相似。崑南筆下的男主角，被這樣的大街吸引。小說裏說大街兩旁都是街市式店舖，每天傍晚，人氣集中。

男主角會走近每個檔口比較不同的價格，分辨擺放出來的貨物差別在哪裏。他覺得這些環境的雜音很親切，是一種生活的呼吸。」

「這裏跟市政局大樓，或是屋邨商場裏的街市不同，那些是規劃好的。但這裏的商店大概是看到市民的需要，自自然然聚集起來，看似雜亂，但是亂中有序。」

送貨的工人突然從旁邊出來，提着貨物鑽進火鍋食材店，隔開了二人，等到他們再靠在一起時，王莉繼續說：

「還有，我喜歡這條街兩旁的大廈，外牆都髹上不同的顏色，有米白色、黃色、綠色、藍色、粉紅色，感覺非常熱鬧。」

「買菜的人只顧低頭看貨品，未必留意到這樣的風景。」

走完了瑞和街，從輔仁街左轉，景象又完全不同。眼前是一座商場，上蓋建有高聳的豪宅，與四周的數層高唐樓截然不同。王莉知道這個地方：凱匯，電視的樓盤廣告介紹過，是觀塘市中心的重建項目之一。

「要不要吃豆腐花？」

「好啊……等等，你剛才已經喝了豆漿。」

王莉追着張志樂的腳步，踏進商場。這裏寬敞、明亮，跟剛才走過的路相比，簡直是兩個世界。身上熱氣漸漸被涼快的冷氣沖散，不過轉念又想，將來觀塘都變成這樣子，豈不失去逛街的樂趣？

「你知道這是什麼地方嗎？」張志樂問。

「一個叫裕民坊的商場？」

「正確名稱應該是裕民坊 Yuen Man Square，簡稱裕民坊 YM²。」

「但裕民坊原本是在那邊吧？」

王莉站在玻璃窗前，指着窗外一條馬路之隔，幾座相連的殘舊、荒廢的大廈。大廈的外牆已燻成灰黑色，那些緊閉着的長方形窗子，彷彿一雙雙眼睛，凝視這座新商場。

「人們說的裕民坊，其實指的是由幾座大廈和鄰近街道構成的商業圈。你指着的裕民坊大廈、裕華大廈和國泰大廈，也就是最具特色的部分。重建之前，那裏可以找到各色各樣的小店和攤檔，例如有漁具店、影印店、五金店、鐘錶店、生果檔，你也可以到那裏吃一串牛雜，或者喝一杯涼茶。」

「我記得還有一間麥當勞。」

「對！那是我去的第一間麥當勞，它在一九九二年更躋身全球十間最繁忙的麥當勞之列，可惜二零一七年結業了。」

「你還記得。」

「記得，我吃了漢堡包和蘋果批。」

「這兩個裕民坊有什麼關係呢？」

「我們邊走邊說。」

他們繼續在商場裏逛，王莉很快留意到這裏兩個特別的地方，其中之一，是這個商場連接着巴士總站，乘客可以在有冷氣的商場裏候車，而且還設有座椅給候車的人。另一個特別之處，是商場裏除了常見的連鎖式商店外，還有一些小店，例如賣日用品和廉價成衣的，就連五金舖也找得到。

「到了。」張志樂停在一個小吃攤檔前。

王莉抬頭看到「永興豆漿王」五個字。

「果然是吃豆腐花。」除了豆腐花，原來還有賣腸粉、燒賣、油條和粢飯。

張志樂買了一碗豆腐花，打開蓋子，加入黃糖吃了起來。王莉對豆漿和花奶涼粉比較有興趣，但她忍住了，吃完午飯不久，再吃會變胖的。

「剛才你問兩個裕民坊有什麼關係，可以說是借屍還魂吧。」

「借屍還魂？」

「原本在裕民坊經營，但受到重建影響而結業的商舖，部分在裕民坊YM²重新營業。永興豆漿王便是一個例子。它原是裕民坊窄巷裏，專做宵夜生意的小店，現在搬來了這個新地方。除了這間店，搬到這裏來的還有賣傢俬、做五金、賣牛雜、賣雞蛋仔的小店。」

「這還挺詭異的，讓它們留在原來的地方，不好嗎？」

「那可以從重建的好與壞兩方面，引導學生思考和討論。」

「那你怎樣想呢？」

「我嗎？我關心的是文學，在新與舊，重建與保育之間，總是能激發許多的寫作可能。例如可洛的小說《幻城》裏就有一篇〈守城人〉，雖然是一篇魔幻小說，但背景卻設定在裕民坊，記下了重建前的賽鴿店和租書店，即使幻城是一個虛構出來的地方，還是可以找到觀塘舊區的影子。」

說完，把最後一口豆腐花吃掉。

舊的裕民坊已經消失了，餘下的只有幾座大廈，這些大廈死氣沉沉，像墓碑，記念着什麼。但終有一天，它們也會遭到清拆，重建成別的事物。王莉想，一聲重建，舊的便變成新的了，這多好！人可不同，不能拆了重建，就算可以，也必然是困難重重。每逢忙到喘不過氣的時候，她便會質疑自己，當初是不是入錯行，如果不做教師，生活或會輕鬆得多。如果她現在辭職不幹，找新的工作，這個「重建」的過程會成功嗎？會帶來多大痛苦？

想着這些的時候，他們已經走完天橋，跨過觀塘道來到駿業里。剛才上工作坊就是在這邊，跟裕民坊、翠屏邨一帶的住宅區不同，這裏樹立着工廈和商廈，星期六的下午，上班族大多下班了，但街上貨車和行人還是不少。

「雖然住觀塘，但我很少來這一區。」

「這是上班族的地方。」

「現在穿西裝上班的人變多了，從前這一帶都是工廠，是藍領來工作的地方。五十年代初，觀塘還是海灣，政府在一九五七年完成填海工程，把填海的地方用作工業區，而剛才我們走過來的地方則提供住宿，方便市民過來上班。附近的街名都很有工業味道。」

「例如駿業里？」

「還有建業街、興業街、成業街等等。」

經過新型商廈安盛大廈，來到駿業熟食市場，兩層高的建築，加上旁邊的公園，為擁擠的工業區留下一片天空，暫時減低都市的壓迫感。

「你又要吃東西？」

「不吃了，雖然裏面的燒雞很有名，上班日子要打電話預訂才吃得到。」

熟食市場的外觀翻新過，有鐵枝似的灰色外牆，但王莉看進去，內裏仍然陳舊，大排檔的圓椅和摺枱，也沒有冷氣，她不敢想像在這裏吃飯會有多熱。

「除了熟食市場，工廠大廈裏還有食堂，專門給工廠裏上班的人吃飯。牌照限制他們不能招待外客，所以不會把招牌掛出來，雖然好評的食堂不少，但要找出來也不容易。這是工廠區的獨有文化。」

「那外來的人想吃怎麼辦？」

「現在資訊發達，上網搜尋不難。再談吃的話，我會忍不住的了。我們來走時光隧道。」張志樂忽然走進前邊的公園説。

難道這個公園跟秀茂坪紀念公園一樣，又記念着什麼往事？王莉想要自己找出答案，她第一樣留意到的，便是公園入口兩邊，設置了兩個好像貨櫃的空間，黃色配搭白色，非常醒目，裏面不但有椅子，還有展板。

「這個地方以前是球場，人們下班後便來這裏打球。現在改建成以香港工業歷史為主題的公園。」

二人在公園裏逛了一圈，貨櫃空間有展板介紹觀塘區一帶的工業發展，由五、六十年代的紡織廠、油漆廠、鐘錶廠，發展到七、八十年代的塑膠廠、印刷廠、電子廠，其他行業還有玩具、製衣、製藥等。貨櫃展區裏有縲絲帽造成的椅子，鐘錶零件的展板，還展出了昔日香港製造的產品，例如保溫水壺，難怪張志樂會說走進時光隧道了。

可惜的是，部分展品已經變得殘舊、骯髒，部分還破損了。大概是來逛公園的人不懂愛惜。貨櫃空間裏的椅子，也變成了清潔工躺下來養神的地方。

公園深處有草坪和休憩區，還有由藝術家創作的，與昔日工業有關的藝術品。例如一件名為「花樣年華」的藝術品，是一台巨大的衣車，好像在縫合着草地，令人想起曾經蓬勃的製衣業。王莉最喜歡的是「織織綠織織」，不但因為這件藝術品令她想起〈木蘭辭〉，還因為黑色的支架拉扯着多種顏色的線條，構成網絡的樣子很是好看，默默地訴說着紡織業的故事。

「觀塘正在轉型成商貿區，經歷翻天覆地的轉變，既有新型的商廈，也有舊式工業樓宇。」

離開公園的時候，張志樂告訴王莉說：

「趙曉彤的小說〈觀塘：從工廈羣到商貿區〉，透過一對母子的眼睛，把新與舊的觀塘，重疊在小說的敘事裏。在母親的記憶裏，觀塘代表製衣廠，上班族穿闊衣服牛仔褲，追逐打鬧，或是在工廠裏低頭剪線頭。但在兒子眼中，觀塘的上班族穿西裝，去的是具氣派的高廈，至於工廈裏可以找到滑雪場、棒球場、密室逃脱，當然少不了時裝店和咖啡店。」

「明明是同一個地方，卻像兩個世界。」

「這才是有趣之處。八九十年代起，香港工業北移，觀塘等工廠區也開始轉變，有不少做創意工業的年輕人進駐，但這種轉型是由下而上的。直到政府近年推動『起動九龍東計劃』，由上而下規劃導致租金上升，令許多小型工作室做不下去，被逼搬到別的地方。」

兩人沿着駿業街，走到了海邊。張志樂先帶她到九龍麪粉廠，這工廠建於一九六六年，不單是香港僅有的麪粉廠，主樓旁邊還有六個白色的大圓柱，像煙囪，但其實是儲存小麥的地方，圓柱上用北魏體寫着「九龍麪粉廠」五大個黑字，不但奪眼，還很有氣勢。

然後，過馬路到達觀塘海濱花園。這個花園建在天橋底，天橋上巴士和貨車呼嘯而過，不時傳來隆隆的聲音，但橋下卻是一派閒適、悠然的景象。人們在跑步，閒坐，看海，也有外傭帶着孩子玩遊樂設施。

「這個花園跟新的商廈比較相襯，令人忘了自己在工業區。」

「我不知道在這裏上班的人怎樣想，但我的話，午飯時間來這裏喘一喘氣，感覺也是不錯的。」

「我很需要啊，可惜學校附近沒有這樣的地方。」

「即使有，你也沒時間出去走走吧。」

「你說得對，有時忙到飯未吃完，便要工作了。」

「葉輝有一篇文章，叫〈散步到從前〉，」張志樂好像沒聽到她的話，「文中提到作者多年來經常搬屋，有四次都是搬到觀塘。文章的開頭和結尾，也是寫觀塘的。」

「他可能做過你的鄰居。」

「很有可能。文中第一段提到臨濱長廊，說是散步的好地方，又有人在跑步。這些人不用追趕城市的節奏，憑自己的感覺、自己的方式，決定自己的節奏，流自己的汗。」

兩人停在海邊，靠着透明的欄柵，看着啟德郵輪碼頭閃耀銀光，還有維港對岸，太平山下高樓林立的景色。海面上停泊着遊艇，也有工作的船，白色的海鳥追着船飛，像是累了，想要停在上面借力似的。

「你找到自己的節奏了嗎？」王莉問。

「我也不知道。」

「我覺得你找到了，你能夠做喜歡的工作，又比較自由。」

「但是沒有保障，如果要為將來擔心的，那還算得上自由嗎？」

「我有一份正職，還不是要為將來擔心，怕學校明年不跟我續約。」

「你已經很努力了，不用怕。」

「我感到遠遠不夠，從前我努力想做一個好老師，但現在我只是想要保住合約教師的職位。」

本來追着小船的白鳥，可能乘着一陣風，彷彿又得着力氣，超過了船，往中環的方向飛去了。

兩人走到近駿業街的花園入口，看見一座古怪的東西，由四個配上玻璃窗但形狀不規則的木盒子疊起來。

「這是觀景塔，可以上去嗎？」王莉問。

「不，不能上去。這幢塔樓，你覺得像什麼？」

「嗯……像義大利的比薩斜塔，你看第四個盒子傾向一邊，好像快要掉下來。另一個角度看像升降機。」

「這裏從前是碼頭，有廢紙回收廠的上落貨區。這幢塔樓的靈感，其實……」

「是紮成一捆捆的廢紙！」

「搶答成功！」

「謝謝張老師讚賞。」

「走吧，王老師。」

張志樂説，不如去茶果嶺村。兩人便繼續走，慢慢遠離工業區，沿偉業街，朝麗港城去。這段路沒有什麼有趣的事物，也沒樹遮蔭，走起來有點乏味，但張志樂説，看偉業街對面馬路的海濱工地，海濱花園會從那邊延伸，連到茶果嶺去，另一邊則會連到啟德。

但現在呢，只有小巴和貨車在馬路上往來，沙土飛揚。

他們走過幾幢舊樓，便到了茶果嶺村。沒想到村口是一個垃圾站，雖叫作村，但王莉第一個感覺，覺得它不像一條村，只見幾幢零星的小屋，背後一座小山，鬱鬱的墨綠色。

「累嗎？」張志樂問。

「還好，我在學校裏經常跑樓梯。」

「捧着教科書和大疊作文？」

「是。你一定見過這樣的場面。」

向前走不遠，寮屋多起來了，通道收窄，幾乎在別人的家門擦身而過。這些屋子都是鐵皮屋，有的加上混凝土、木材或鐵絲網，每一間形狀都不同。王莉看見一些屋子打開了門，傳來收音機的聲音；有些屋子大門緊閉，封了塵，堆疊着雜物，不知丟空了多久。

有人在門外擺了許多盆栽，張志樂偷偷把玩含羞草；有人站在門口，瞪着他們看，好像不太歡迎訪客；有人在小路的轉角處，給地上的貓碗加水。二人沿着一開始來的路走，但王莉不忘窺看每條經過的小路，它們不知通去何處，有些向山上延伸，有些只有幽暗的盡頭，她感覺走進了一座迷宮，但並不可怕。

正好相反，她感到很有趣，每面斑駁的牆壁，生鏽的鐵板，爬着攀緣植物的鐵絲網，角落裏蒙着塵的舊娃娃，褪色的門神，像樹枝杈開的電線，放在門前阻擋狗隻的木板……這時，一隻灰色的花貓匆匆跑過，像一抹閃電，鑽入了雨水渠中。

由村頭走到村尾，不過十多分鐘，除了寮屋區的風景，王莉還看見村裏有士多、冰室、兒童遊樂地，一條龍舟放在村公所外，任人參觀。

「我們終於走出來了。」王莉被陽光灑滿一臉，瞇着眼說。

「我們剛剛走過四百年的時光了。」

「四百年？」

「是，這裏在清朝初期已經有人居住，與牛頭角、茜草灣和鯉魚門合稱『九龍四山』。出產石材，從前有石礦場，就連香港終審法院，廣州虎門炮台也是用這裏的石料興建的。」

「我不知道香港有石礦場。」

「香港出產的花崗岩是很有名的。」

張志樂帶着她，由村裏的小路，回到茶果嶺道。馬路上車子繼續飛馳，但對面的工地卻悄靜無聲，雖然如此，還是有一種壓逼感，好像有什麼快要撲到這條古村似的。

「葉輝也有文章寫到這個地方，名字是〈小小綠茶果〉。」張志樂邊走邊說。

「因為村後的小山像茶果嗎？」

「是，這是茶果嶺名字由來的一種說法，另一種說法是……就是這個。」

張志樂停在一棵樹前，這樹大約五米高，張着傘狀的樹冠，葉子很大，形狀像淚滴。

王莉輕輕搖頭：「這是什麼樹？」

「這是血桐，又叫茶果樹，這是因為做茶果時會用到血桐的葉，所以便這樣叫它。它還有一個特徵，就是劈開樹幹，會流出紅色的樹液，像血。」

「難怪叫做血桐了。」

「葉輝的文章還提到別的，來吧。」張志樂拍一拍樹身，繼續走，「文中記述作者小時候乘船上學，會看到茶果嶺，像茶果似的綠色小丘。很多年後，有一次作者重回舊地，發現茶果嶺變了，但有兩樣東西未變的，其中之一，就是我們眼前的天后廟。它是香港現存最大的石砌廟宇。」

大概是最近翻新過，這座天后廟看來並不古老，石砌的外牆淺黃色，瓦頂則是淺棕色，屋頂有雙龍戲珠。門外放有一個香爐，正有幾束香在吐着白煙。廟旁有兩座化寶爐，用紅磚砌成，爐頂髹成鮮黃色。

「這座廟同樣用花崗岩砌成，跟昔日的打石業有密切的關係。」

王莉看到門眉上有一幅壁畫，描繪着昔日出海遇上風浪的情景。廟內可以看到「風調雨順」四字，寄喻着村民的願望。除了天后，廟裏還供奉着魯班先師、金花娘娘和觀音，當然還有香火的氣味。

「這座廟在一九四八年搬到這裏，但它的歷史可以追溯到更早之前，我們只知道它在一八九一年重建過，至於何時興建的，就不可考。」

「那不是超過一百年了嗎？」

「是的。它列入了三級歷史建築名單。」

「葉輝文中提到未變的事物，另一樣是什麼？」

「罣丸。」張志樂故作正經地說。

「什麼？」王莉感到臉上一熱。

張志樂説的睪丸，原來是廟旁一塊大石，因其形狀像男性睪丸，所以村民給它起名「卵石」。王莉來到這塊石頭前，見它被一棵大樹的枝葉包裹着，披了一件綠色的大衣似的。石下有一座小神龕，供奉着觀音，兩旁還有石獅子。有一個牌子，記載着這塊求子石的故事。

「要不要拜一拜呢？」

「不要。」王莉故作生氣地説。

「好了。葉輝説這條村子像綠茶果，還有一個原因，就是它很小。作者從船上遠看，自然就更小了。我們一路走來，才不過二十分鐘。當然，如果鑽入村裏的暗巷、小路就不同了。」

「可能會天黑也走不出來。」

「説不定。回去吧。」

「嗯，我也累了。」

「謝謝你陪我走了這麼遠。」

「我謝謝你才對，走完一大段路，心情好了，腦筋也變得清晰。」

二人乘小巴回程，途中經過四山之一的茜草灣，從前同樣是石礦場的地方，如今變成了住宅、商場和港鐵站。

回到觀塘，張志樂送王莉到港鐵站，然後走路回家。王莉上了港鐵，沒找到座位，便靠在車門旁邊，閉目養神，有點虛脫的感覺。過了兩個站，手機收到通知，原來是張志樂傳來的短訊，打開，簡單的一句：

「努力活出自己的節奏。」

文學作品列表：

陳慧　〈翠屏〉，《女人戲》，香港：天地圖書有限公司，2009年，頁25-35。

崑南　〈當陽光改變顏色之後〉，《香港文學》總第357期月刊，2014年，頁45-51。（參香港文學資料庫）

可洛　《幻城》，香港：立夏文創，2018年。

趙曉彤　〈觀塘：從工廈羣到商貿區〉，《香港中學生文藝月刊》第43期，2014年，頁70-71。

葉輝　〈散步到從前〉，《香港文學》總第358期月刊，2014年，頁10-11。（參香港文學資料庫）

葉輝　〈小小綠茶果〉，《煙迷你的眼》，香港：麥穗出版有限公司，2006年，頁62-63。

六　土瓜灣

學校的會議室裏，空調過冷，王莉把外套披在大腿上，頂住渴睡、沉重的腦袋，敲打手提電腦的鍵盤，把同事們討論的重點記下來。

窗外搖曳的樹影不時吸引她的注視，今天陽光正好，她真的想出去走走，而不是困在冷得像冰牢的學校裏。這時，同事們談起了中一級測驗卷的一條題目，年過四十但打扮花俏的張老師，認為題目所問的文章，明顯用了第三人稱敘事，所以答第一人稱的學生都不應該得分，但入職第二年的譚老師，則認為那篇文章裏，作者「我」在複述另一個人的故事，所以應該是第一人稱才對。

會議室裏的老師馬上分成兩派，但以支持張老師的人佔多數，譚老師雖然有自己的理據，但不敢再說什麼了。王莉沒太在意她的反應，只是一心在思考這條題目，如果由我來評分，我會怎樣做呢？她很快地重讀一次文章，忍不住說：「我認為是第一人稱，作者不只是複述了第三者的故事，在文末還提出了自己的見解，這才是文章的重點，那第三人稱的故事只是他引用的例子而已。」

譚老師看向她，眼神流露感激之情。

「那我們照張老師說的去評分吧。還有其他題目要談嗎？」

蔡主任一錘定音，彷彿沒聽到王莉的意見似的，其他老師也對她的話充耳不聞。就這樣，這個話題過去了，王莉有點錯愕，但她的工作還沒完，要繼續把中二級測驗的事項記下來。鍵盤的聲音還是答答的，但變得更空洞了。

午飯時，她忍不住把區芷晴拉到一邊，對吃三文治的她說：

「剛才開會的事，你看到嗎？」

「怎會沒看到，我還想讚你勇敢呢。」

「我不是說這個。她們完全沒聽我的話，把我當作透明的。」

「唉，這是當然的，我們只不過是助理教師。」

「助理教師不是教師，不是教職員嗎？我們是同一個團隊，對吧？應該尊重別人的發言，而且，張老師的看法根本是錯的。」

「那有什麼關係，她們是給學生評分，不是評核我們。」

「但……這怎樣能做好教學呢？」王莉愈想愈生氣。

「如果你亂給意見，蔡主任說不定真的會給你打分。」

「扣我分嗎？我不怕……等等，什麼亂給意見？我才沒有！」

「我知道你沒有。還是算了吧。我吃完三文治，要回去工作了，再做不完，被扣分的會是我了。」

區芷晴回到自己的座位，消失在高塔似的作文簿和教科書後面。會議室裏發生的事，在腦海中揮之不去，王莉托着頭，呆望教員室敞開的大門，門外除了人們談話的聲音，就是學生的打球聲，她想不起有多久沒做過運動了。

午餐時間結束前一分鐘，她給張志樂發了一個短訊，問他今個週末會去哪裏文學散步。兩堂時間過去了，還沒收到他的回覆，他也在忙吧，教寫作班又或是改學生的作文。他平時還會做什麼呢？王莉準備中二中文科的工作紙時，不期然想這個問題。

手機震了起來，她馬上拿起來看，原來是母親打來的電話。

「女呀，你在忙嗎？」

「嗯，在學校啊，什麼事？」

「我跌傷了腳。」

「吓！沒事嗎？為什麼會跌倒的？」

「在公司工作時滑倒。沒事，我自己回家了。」

「要不要看醫生？」

「不用，我跟你說一聲而已，沒事。」

「我今晚回來陪你。」

「不用，你忙啊。」

「怎可以呢？你不要煮飯，我買外賣回來。」

再一次經歷下班後回沙田的路程，很遠，車行駛得很慢，紫藍的天色壓下來，很重。她在車上睡着了，醒來發現有三個母親的留言，問她在哪裏，幾點回家。張志樂也回覆了，下午六時四十八分。

「今個週末沒有呀，什麼事？」他回答。

「沒什麼，好奇而已。」她趁着等外賣的空檔回短訊。

「工作不順？」兩分鐘過後收到他的回覆。

「有一點，你怎麼知道？」

帶着外賣回家，看母親扭傷的腳，腫了起來。跟母親吃飯，聽她說經理的壞話，陪她看陌生又胡鬧的肥皂劇。今晚，母親的話好像特別多。九時幫她切了水果，王莉挽着塞滿學生作文的袋子離開，車程還是很長，但車比下班高峰時行駛得快了一些。

「星期六我需要去土瓜灣考察，你來嗎？」是張志樂，晚上七時五十分。

「你不是說今個週末不去嗎？」

「我遲些要去那邊的學校教寫作，順道想去走一走。來嗎？」

「可以啊，我也正好想出去走走。」

星期六午後，王莉第一次來到宋皇臺港鐵站，用黃色馬賽克砌成的牆，有一種懷舊的味道。張志樂到了，一邊看展覽一邊等她。

「你在看什麼？」王莉輕拍張志樂的肩膀問。

「歡迎穿越到宋朝。」

「什麼？」下一秒她才想起來，「啊，你是說這個地方的考古發現。」

「對，二零一四年有工人在附近發現方形石井，還有其他文物，經專家研究，推斷屬於宋元時期。現在部分文物在站內展示。」

王莉面前的兩面牆壁，被改裝成展覽櫃，整齊地擺放着文物。它們分門別類，有古錢，有陶瓷，還有附近一帶的歷史介紹，圖文並茂。那些小小的銅錢令她看得出神。銅錢都是圓的，中間開一個方孔，並記有年號，彷彿可以讓人穿過那個小孔，回到從前。古裝劇看得多，武俠小說也讀過不少，但親眼看到那個時代的東西，感覺很微妙。

她覺得最有趣的是一顆骰子，一般的骰子上會刻有一至六的點數，但這顆骰子卻有三面一點和三面四點，不知道是什麼遊戲用的，難道是為了出術嗎？如果這些材料能結合中史科，又或是關於岳飛的課文，那該多好。想到這裏，她不禁抱怨自己的職業病又發作了。張志樂已經走到前頭，細看着一對元代的八卦紋青瓷香爐。

回到地面，他們走到宋皇臺花園。這座小花園夾在兩條馬路中間，平平無奇的，昔日的噴水池早已不再運作，變得乾涸了。這裏唯一亮眼的地方，是那紀念石碑，寫着「宋王臺」三個紅色大字，並直書着「清嘉慶丁卯重修」，距今已經二百多年。

王莉不大熟悉石碑背後的故事，但陸秀夫帶着宋帝昺躲避元追兵，南來香港逃難，最後跳海殉國的事蹟，她是知道的。七百年，過去了，連這塊記念此事的大石，也變得跟過去不同。

「剛才看到港鐵站內的展板，我才知道這裏曾有一座聖山。」王莉說。

「聖山上有一塊大石，就是這塊石碑的原石。十九世紀末，港英政府曾經立例保存，還在四周加建圍牆和公園，吸引了不少人來『打卡』。」

「當年的人也會打卡嗎？」王莉笑了。

「要自拍的話可要用腳架擺好相機呢。到了日治時期，日本人為了擴建啟德機場，於是在一九四三年削平了部分聖山，幸好宋皇臺三個字保留了下來。」

這時，一隻灰鴿子停在石碑上，似要聽故事。王莉被嚇，快步退開。

「重光後，港府派人割下殘餘的刻字岩石，移到這個公園來，到了一九六零年公園才正式開幕。」張志樂繼續說。

「聖山卻移平了，而且還填了海，跟照片裏的風景很不同。」

「古蹟探尋又好，文學散步又好，都需要一點想像力。」

「那我想這隻鴿子一定是宋帝的臣子吧。」王莉指着石碑上的鴿子說。

「很有可能，」張志樂想了一想，「但說不定是公主。」

「公主？不要，最討厭鳥。」

「附近還有一座公主墓。」

張志樂拋下這句話，便頭也不回地向前走了。王莉早已習慣，跟着他走出公園，橫過馬頭涌道，來到一座中國風的教堂前，正門的門眉上，有金字寫着「聖三一堂」四字。

「我們不是要去公主墓嗎？」

「先看教堂。」

教堂似乎可以自由出入，連接着同屬教會的聖三一幼稚園，門外擺着孩子做的黏土勞作。屬於西方基督教的特色不大顯眼，反而是中式青瓦屋頂，彩色玻璃窗上的雲斗狀窗花，比較引人注目。另一樣叫王莉在意的，是正門左右的一個鐘和一個鼓，很有衙門外擊鼓鳴冤的感覺。

走近細看，才明白是取「暮鼓晨鐘」之意。大鼓所在的小亭上寫着「鼓聲和應 父旨得成」，而鐘呢，則寫有「鐘聲大鳴 主民振興」。另外兩邊還有對聯，含意都離不開基督教的教義；這個地方既像教堂，又像廟宇，王莉不禁想起從前在課本上學到，香港文化中西融合，但到底是一個怎樣的過程，什麼樣的故事，才會出現這樣的建築？

「這座教堂一九三六年建成，原址是前面的亞皆老街遊樂場，那裏從前有金夫人墓，就是我說的公主墓。政府在一九零四年把該地撥給聖公會興建教堂，那座墓便在歷史中湮沒了。」

「誰是金夫人？」

「金夫人是晉國公主，南宋末年也跟着宋帝昰和宋帝昺南逃，她是宋帝昰的母親，後來兵敗投海而死，相傳鑄成金身葬在這裏，所以人們都叫她的墓做金夫人墓。」

王莉回望宋皇臺花園的方向，風景被聖三一堂的鐵門門花遮擋着，如今一片平靜的景象，很難想像數百年後曾有一場又一場的戰事。雖然生活不易，工作也有令人氣憤、不滿的地方，但可以活在這時代，也是一種福氣。

離開聖三一堂，走到富寧街，王莉拉着張志樂，指給他看一個白色和淡橙色相間、流線型的大廈立面。大廈開着長方形的窗，有衣服晾曬着，樓下則開着小店，明顯是住宅。

「這是什麼地方？挺特別的。」

「這是真善美邨。」

「這名字真好，可以去看看嗎？」

「應該沒問題吧。」

兩人沿着聖公會聖三一小學旁邊的小路，走進真善美邨中心的小空地。這個小空間被三座樓宇：至真樓、至善樓和至美樓包圍，有一幢兩層高的建築，提供社區服務，還有社區園圃和康樂設施，一棵鳳凰木張着枝葉，網狀分明，像一個結在三座樓宇之間的蜘蛛網。

王莉看見老人坐在公園裏聊天，有母親和孩子在社區園圃認識花草，買完菜的婦人提着幾個膠袋，走在樹影的海浪裏。

「這地方給我一種特別的感覺。」

張志樂應了一聲，看着大廈上或開或閉的窗，等她説下去。

「走進這裏，被三幢大廈包圍，好像可以忘記外面的人和事，感覺很平靜。」

「對，而且這三幢大廈樓高不過十二層，天空看起來也很廣闊。」

「令人心情好起來呢。是不是因為從前有啟德機場，樓宇不能建得太高？」

「是，這裏屬於九龍城區，從前建築物有高度限制。機場搬走後，政府有計劃重建真善美邨，説不定將來會是另一個樣子了。」

走出真善美邨，到便利店買了喝的，沿着馬頭涌道走下去，很快便走到了馬頭圍道。

「聖山、金夫人墓什麼的都不見了，真善美邨也可能重建，學生參加文學散步時，不會感到虛無飄渺嗎？」

「但宋皇臺石碑、聖三一堂是實實在在的啊，還有剛才的宋代文物。我們應該慶幸還能找着一些痕跡和線索。而且有些地點，還有作家的作品或生平可以參照，彼此互補，成為一個有機體。」

「我覺得很難。可能我一直都在教學上沒有信心。」

「教育本來就不容易，教中文、教寫作都不是最難，最難是教人。文學散步時，我們經常把重點放在地景或文學作品上，希望透過一趟旅程，認識一個地方，認識一位作家，讀懂一些作品。但我有時想，我要的是學生認識自己。」

「怎樣認識自己呢？」

「例如他喜歡一個地方，對另一個地方不感興趣，某樣事物勾起他的回憶，某種城市的聲音引起他的好奇，某個風景令他難忘……為什麼？我要他去問這問題，去嘗試理清自己的感受和想法，認識他是怎樣跟這城市互動的，對它又懷有什麼樣的感情。」

「我不要再跟你去文學散步了。」王莉忽然說。

「什麼意思？」

「你帶學生去文學散步時，我也要參加，看你怎樣帶活動和教學生。」

「好啊，」張志樂笑了起來，「有機會的。」

馬頭圍道很長，走過農圃道的時候，張志樂指着右邊説：

「我遲些要來這邊教寫作，沿這條路走上去。」

「你住觀塘，會遠嗎？」

「不，坐小巴很快到。話説回來，在『我街道，我知道，我書寫』網站上，可以找到鄧小宇的散文，叫〈馬頭圍道——我童年世界的全部〉，記述他小學時期在這一帶生活的往事。」

説完，他便打開手機，上網找那文章，王莉見他要撞上迎面而來的途人，連忙把他拉開。他們停在農圃道十八號的大堂外，馬頭圍道上巴士和汽車往來不絕，王莉看到舊式的六七層高大廈、馬路對面冷清的長城購物中心，同時又看見海悦豪庭、帝庭豪園、駿豪居等新建大廈，她對新事物並無反感，只是不禁想到，為什麼它們的名字都那麼高不可攀，拒人千里似的？

收到張志樂傳過來的文章，草草讀了一遍，便又再起行。鄧小宇住土瓜灣是五、六十年代，當時的環境一定比現時幽靜，人和車都比較少。文中他説到當時的地標，包括青洲英泥廠，還有黃埔船塢……

「黃埔船塢不是在黃埔嗎？怎麼會在土瓜灣？」

「其實土瓜灣和現時稱為黃埔的地方是相連的，不遠，我們走路也可以去到。隨着年代改變，人們對地區的觀念也會不同，尤其是興建港鐵站後，我們都習慣把港鐵站的名字當作成那個地區的名字。宋皇臺站啟用後，可能有一天，大家會漸漸忘記九龍城，而把那一區改叫宋皇臺。」

「文中提到路上有各種商店，例如錶行、麪包店、藥房和士多，今天則變成麥當勞、超級市場和地產代理店。」

「錶行還是有的，在海悦豪庭下的小商場便有一家。麪包店和藥房還可以找到，不過文中提到電動切麪包機，肯定是找不到的了。至於士多都變成了 7-11 和 Circle K。」張志樂説，把剛才在便利店買的飲料瓶，掉到回收桶裏。

「文中還記述榮光街那邊有租書店，他會看金庸、梁羽生和依達的小説。現在不但租書店，連租影碟店也消失了。」

「但有一樣東西不變的，就如文中所説，我們成長的地方，始終是人生中一個重要的舞台或地標。學生未必住在土瓜灣或附近地區，但他們一樣可以從自己長大的社區開始，寫作並不遙遠。」

「你餓嗎？」走到天光道，張志樂忽然拋出這個問題。

「不，你又想吃東西了？」

「這一帶有很多學校，你看。」

王莉循着他指的方向看，看到的不是學校，但她馬上明白過來，馬路對面有小吃店，也有文具店，這些都是學生的最愛。張志樂走到「囍囍小食部」，一間平凡小店，名字透露它的目標客羣，店外貼有許多食物照片，有炸雞髀、炸薯餅、豬扒包、三文治，同時也賣蒸飯，似乎學生以外，還有別的客羣。

張志樂買了一隻炸雞髀，老闆娘把它放在一個紙袋，再套上一個白色小膠袋。還沒打開來，王莉便嗅見濃烈的炸物香氣了，好像有人把土瓜灣的新舊事物都放到熱油裏炸一趟。

「來！」張志樂把雞髀塞到王莉面前。

「什麼？你吃啊。」

「你先試一口。」

王莉猶豫了一下，接過膠袋，打開，香氣撲面而來。她咬了一小口，然後把雞髀交回張志樂手裏。

「好吃嗎？」

「你自己試試。」

張志樂在她咬出的缺口旁邊咬下去，馬上發出「嗯」的一聲讚歎，正想開口說話，肉汁便從嘴角流出來，令他不得已要用手背擦去。王莉看着，壞壞地笑了起來。

「好吃啊，炸粉不會太厚，外皮香脆，雞肉嫩滑多汁。」

「多汁是真的。」

「我很久沒吃街頭小吃了。到學校工作後，更加不敢，怕被學生見到，保不住老師的形象。我感覺好像變回中學生了。」

「那你自己買一隻吃，不就會變回小學生嗎？」

「我是老師！同學你不要吃得那麼髒。」

才走了幾步，手上的雞髀還沒吃完，張志樂又停在一間餐廳前。

「又是餐廳？你還沒吃飯嗎？」

「吃過了。這是哥登堡餐廳，有四十年歷史了。是不是很特別？」

王莉點一點頭，最特別是那個招牌，用又大又粗的字體寫出餐廳的名字，一撇一捺都剛勁有力。不知道是長年累月的氧化，還是蒙塵，招牌黯淡，變成紅銅色，更有一種懷舊的味道。

「這讓我想起灣仔的波士頓餐廳。」

「同樣是豉油西餐。從前吃西餐是高消費，這是屬於土瓜灣人的平民扒房，現今經濟環境改善了，但這裏還是吸引許多學生和上班族，來吃價廉、豐富，又懷舊的一餐，『鋸鋸扒』。」

「我記得中學時，我們會去一家連鎖餐廳鋸扒。每次我考試成績好，媽媽便會帶我去吃，當作一種獎勵。雖然那不是什麼高級餐廳，食物也普普通通，但對當時的我來說，已經很難得，令人很興奮了。」

「媽媽很疼你啊。」

「是的，不過她很嘮叨。」王莉不大想談母親，便換話題說，「土瓜灣有很多小店和老店。」

「是的，這畢竟是舊區。不過隨着港鐵站啟用，相信會有不少新店開張，街景會改得不一樣。」

「你看這！」王莉突然停下腳步，指着一條小巷說。

張志樂馬上明白過來，吸引王莉的，不是平凡的小巷，而是那個特別的路牌。

「你真眼尖。我也差點錯過這個了。」

「MAIDSTONE LANE……美善同里，這路牌很特別啊，形式跟現時的路牌不同。中文街名是從右到左的。」

「這叫T字形路牌，特點是上英下中，由十九世紀末開始使用。直到二十世紀六十年代，路牌才改為長方形。」

「我還是第一次見。」

「現在只餘下很少了，全香港只剩數十塊。之前銅鑼灣二級歷史建築聖保祿修院外一塊『棉花路』的T字形路牌更被人偷走了。」

「路牌也要偷！真令人難以置信。」

多走兩步，看到馬路對面有兩幢灰色的新建築，小小的像樂高積木，配以硬朗的直線條。仔細看，原來是土瓜灣港鐵站的入口。

「是這裏了！」張志樂忽然想起什麼說。

「什麼？」

「我想去冰室坐坐。」

「你剛吃完炸雞髀，又餓了嗎？」王莉沒好氣，心想這個人的肚子會不會藏着一個黑洞。

冰室叫永香。店子很小，在炮仗街和永耀街的角落，店外裝潢令王莉眼前一亮。由右到左寫起、紅色粗體字招牌，灰色配以白色線條和綠格點綴的馬賽克，還用金漆寫着「出爐麪飽」，應該是「麪包」才對，王莉心裏想，這個別字由過去到今日都有人寫錯。

張志樂說這家店已有半個世紀了，果真有老香港的味道。可是，踏進店內，感覺又完全不同，雜物堆在角落裏，啤酒紙箱擱在長椅上，忘了收拾似的。地板有一個洞，桌子上爬着螞蟻，而蘋果綠的牆上也可找到發黃的污漬。

一人一杯檸檬可樂。張志樂曾說，這裏的食物不怎麼樣，說不上難吃，但不要有期望。叫可樂是最保險的方法了。王莉低頭看餐牌，三文治和多士，鮮牛肉麪和火腿通粉，還有菠蘿冰，都是冰室常見的款式。

張志樂還說，來這裏是吃環境，吃氛圍，就像去高級餐廳。王莉放下杯子，再一次環顧這小店，卡座的黃色長椅，加上牆腰大塊的蘋果綠磁磚，都令人想起

六、七十年代，鐵窗花好像象形文字，光管、吊扇，還有牆上玻璃飾面，一台播着無線翡翠台的舊電視，只有彩色的電視節目提醒她這不是從前。

「你工作上遇到什麼事了？」張志樂等到了這個時機問。

「嗯，你怎麼知道？」

「我猜而已，有時從手機短訊好像也能讀出你的心情。」

「這麼厲害，」王莉擺出一副懷疑的表情，「你是偵探嗎？」

「那到底是什麼事？不想說也沒關係。」

王莉用茶匙戳了兩下檸檬片，把中文科開會時發生的事，跟張志樂說了。

「其實我明白的，我只是助理教師，他們便把我當作透明。」

「這太說不過去了，難道要排資論輩嗎？」

「學校就是這樣的地方。」說完，她歎了口氣。

「那你打算怎樣做？」

「還可以做什麼？以後我都不說自己的意見了。說了也沒人在聽。」

「這不像你啊。我認識的你對教學充滿熱情。」

「熱情都快要被消磨了。何況這是行政，不是教學。」

「你能夠分清楚就好了，不要因這些事氣餒。」

王莉沒接話，看着餐廳裏的毛玻璃窗，什麼都看不清。

「接下來去什麼地方？」

張志樂沒正面回答，反而唸起宋詞來：「『纖雲弄巧，飛星傳恨，銀漢迢迢暗度……』」

「鵲橋仙？你要去找牛郎還是織女？」王莉認得秦觀的名作。

「不，我們要暗度銀漢。」

離開冰室前，王莉接收了張志樂傳來的文字檔，那是一篇短文，名叫〈銀漢迢迢，何以暗度？〉，作者是黃潤宇。匆匆讀了，跟她猜的一樣，附近有一條銀漢街。由永香冰室過馬路，走兩三個街口便到了，正如文中寫的，從主道拐入去，一條窄巷，直通通的，站在街口就能看到街尾，好像藏不了任何秘密。

但即使有秘密，也再也找不着了。街道兩旁的樓宇，都蓋在重建的綠帆布下，什麼都看不到。其實文中早有預言：一條即將被拆除的街。街和街名大概會保留下來，但拆除前的往事痕跡，都會像星，消失在白日裏。

文中的銀漢街，是一條骯髒、危機四伏的巷路。曾經亮着綠油油的銀行招牌，夜裏有人持着刀槍棍棒，野狗或在前頭堵截，蚊子橫飛，而做房屋中介的人坐在街邊的藤椅上打呼，現在他搬到哪一條街呢？如今只剩街尾的一小段，沒有被綠帆布遮蓋，像一條尾巴給切下來。

「在西西筆下的銀漢街，跟黃潤宇的很不同。她們都曾在這一帶住過。在〈土瓜灣道〉一文裏，西西從土瓜灣道一號出發，逐一介紹路上的景物，以及與土瓜灣道相接的橫街。例如旁邊的一條街叫鴻福街，有一家『土瓜灣故事館』，給區內的街坊聚腳，由義工協助，舉辦各種活動和展覽。然後再來就是銀漢街了。」

「說到銀漢街，西西記的是恒生銀行和麥當勞。」王莉打開張志樂傳給她的文檔，邊讀邊說。

「她還提到土瓜灣道和馬頭圍道之間一個三角形的休憩公園，曾經因着港鐵站工程封閉，但已經翻新重開了。」

「剛才我也留意到，美侖美奂，跟附近的舊樓宇格格不入。西西還提到一路上的各種建築、工廠，但我最感興趣的是海心公園。」

「我們去看看。」

海心公園並不遠，從銀漢街街尾，走出崇安街，轉左便是跟浙江街相接的路口，入口在旭日街，往前走幾步便到了。

跟康文署大部分的公園一樣，可以找到座椅與遊樂場，就在入口不遠，一位小女孩踏着玩具單車，她的母親坐在不遠的長椅上，視線沒有離開過她。

「要不要坐下休息一會？」張志樂問。

王莉搖搖頭，走向公園的地圖。

「你想找什麼嗎？」

「當然是魚尾石啊，這是海心公園的招牌。」她指着地圖上一個標誌，張志樂馬上會意。

王莉忽然想到，今天竟是一趟觀石之旅，先有宋皇臺石碑，然後是魚尾石。魚尾石靠近海邊，旁邊有一個觀海亭，不難找到。近距離看，石頭灰褐色，看起來薄薄的，上方有一處缺口，加上裂紋的形狀，果真像魚的尾巴，在海裏翻起拍打水面的樣子。

「我聽説這裏從前是一座島，要乘小艇過去，」王莉説，「島上有海心廟，供善信參拜，還會吸引遊客和情侶。」

「對，不過一九六四年填海吞沒了小島。現在海心廟搬到了落山道，還有一座龍母壇遷到下鄉道的土瓜灣天后廟裏。」

「有時我想，入廟拜神可能是一種迷信吧，但因為這份迷信才能保存一些舊事物，至少在過去一百幾十年的填海和發展過程中，不少古廟都保存下來，或是搬到其他地方。」

「一些地景或事物雖然消失了，但傳說和故事還會延續，流傳下去。」

「是啊，你聽過 my little airport 的歌嗎？」

「聽過，你是指《海心公園》？」

王莉興奮地點頭，「我一向喜歡他們的歌。《海心公園》很好笑也很可悲。歌詞說一個阿伯在海心公園唱歌，卻被議員和住客投訴，覺得很委屈。他憶起六歲那年唱歌吵醒了爸爸，被爸爸懲罰在海心島過夜，島上有很多奇怪的巨石，聽說都很靈驗，拜過的情侶都會白頭到老，但他拜了卻什麼也得不到，到了六十多歲還沒有愛情，還要被人投訴。」

「真是一個可憐的老伯。」

「是啊。現在還有人會拜魚尾石嗎？」

「大概有吧。我看過一些YouTuber的影片，推薦情侶來這裏拍拖。」

「你小心變成〈海心公園〉的老伯啊。」

「你扯到哪裏去了？我才不會大庭廣眾唱歌。」

海心公園連接着土瓜灣海濱公園，海風很大，有點冷。張志樂一邊散步，一邊對應西西〈土瓜灣道〉裏記載的事物。公園椅、沿途植物，還有垂釣的人，這條散步道，既可以看到海，也可以看到沿海的工業大廈，據說工業式微後，不少藝術家搬了進來。

一直走到九龍城碼頭，剛好一艘從北角開來的渡輪泊岸，從船上下了幾個人。兩人跟着這幾個人走，發現碼頭旁一座商場外停着旅遊巴士，還擠滿了買禮品的遊人。這叫張志樂想起西西的另一部作品。

「土瓜灣是西西住過的地方，她還寫了一部短篇故事集，叫《土瓜灣敘事》。書中寫到近年的變化，除了像銀漢街的樓宇翻新工程外，她又寫到『樓下的茶樓不再向街坊開放，而是只接待旅行團，一天三次，潮水似的旅客被吸了進去又吐出來，吐出來的每次有一百多人，把整條街的大廈門口全堵塞住』。你說多恐怖。」

「這不單是土瓜灣，還是香港多區的現象。」

邊聊邊走，回到了土瓜灣道，煤氣公司的煤氣鼓在馬路對面，金屬網架在陽光下閃亮。

「咦？怎麼走到這邊了？」王莉忽然想起什麼說。

「有什麼事？」

「沒有，跟我來。」

王莉帶張志樂到了煤氣公司對面的一間咖啡店，這間店門前掛着日式暖簾，長方形的玻璃窗，讓人可以看見店裏溫暖的黃燈，雖然牆身灰綠色看似低調，但仍引人注意。

「這次輪到你想吃東西了？」

「不，我來懷舊的。」

已經是下午五時，兩人坐在窗邊的餐座。店裏堆滿懷舊的擺設，這邊擺着伊利莎白二世的紅色郵筒，那邊放着昔日的轉盤式電話。張志樂還找到了七十年代的機械人玩具，又或是八十年代很受歡迎的阿童木，連舊單車和點唱機也有。這些物件來自不同年代，不同地方，有日式的，有歐美的，甚至有中國傳統的大頭佛，令人彷彿置身時間的裂縫裏。不一會，二人點的威士忌調冰咖啡和蜜桃乳酪到了。

「那邊是牛棚藝術村，你知道吧？」王莉說。

「我知道，那也是文學散步的一站。」

「讀大學時我曾在那邊做兼職，在一間藝廊裏做活動助理。有空時便來坐一坐，那時候這裏是一間冰室，你看，冰室的招牌掛在那裏。」

「難怪你說來懷舊。」

張志樂循着王莉指的方向看，看到了「白宮冰室」四個金漆大字。咖啡室裏的陳設真是包羅萬有，每一個角落都可堪玩味。

「沒想到你曾在牛棚工作。記得我們去過炮台山的油街實現嗎？」

「記得。你說藝術家曾自發創立了一條油街藝術村。」

「對，油街藝術村的土地被政府收回後，藝術家們便搬到這裏，因為北角和九龍城很近，只需要乘十分鐘渡輪便到了。他們便在牛棚的舊屠房裏，把藝術村延續下去。」

王莉恍然大悟，「原來有這樣的一段歷史。」

在咖啡店休息過後，他們走進牛棚藝術村，只見零星的遊人。一隻灰白色的流浪貓坐在花盆上，王莉看到便興奮了，拿出手機走過去，但貓怕人，躲進一堆雜物裏。

「多年沒來，這裏看來沒什麼變化。」這時，輪到王莉擔當導遊，「紅磚房子，寬闊的庭院，這些紅磚矮牆也很有特色呢。」

「牆下面的是什麼？」

「這是水泥槽，把牛的飼料加進去，餵牛用的。看到黑色的鐵環嗎？這個用來扣住牛腳。」

「我記得藝術村是二零零一年開始的。」

「對，由一九零八年開始，直到一九九九年這裏都是用作屠房的，當時九龍區的牛肉供應都來自這裏。」

兩人在紅磚房子外漫步，找到了幾個藝術團體，包括專注於當代視覺藝術的1a空間、前進進戲劇工作坊、藝術家「蛙王」郭孟浩的工作室、放映實驗錄像作品的錄影太奇，以及進念二十面體。有些展覽在進行，有些房子裏正舉行工作坊，有些則靜靜的，跟爬滿紅磚牆的攀緣植物一樣。

「紅磚牆配上綠色的植物真好看。」

「是，」王莉興奮地說，「從前做兼職，悶的時候看窗外的植物和盆栽，便感到很療癒。我還很喜歡房子的三角屋頂，和木窗框，現在很少見了，很有歷史的味道。」

二人離開時，貓又回到了花盆上，目送着。

「這個地方你也認識嗎？」站在牛棚藝術村的門口，張志樂指着面前的幾幢唐樓說。

這些唐樓有着不同顏色的外牆，有綠色的、粉紅色的、黃色的，構起一幅有趣的圖畫。

「做兼職時，我會過去找地方吃飯。」

「這裏有十多條街，名字都跟動物有關。」

「我有聽説過！我記得了，對面那一條街好像叫鷹……鷹什麼街。」

「對，這裏稱為土瓜灣十三街，有興趣實地考察嗎？」

「我們不是在實地考察了嗎？還用問。」

於是，二人便由鶴齡街開始走，經過令人聯想到馬的駿發街，然後是燕安街、蟬聯街，鴻運街的「鴻」則是鴻雁的意思。唐樓下的商舖有營業的，但更多的拉上了鐵閘。彩色的外牆上掛着冷氣機和晾衣架，待乾的衣服靜靜待在半空，吸收日落前最後的陽光。

「感覺這幾條街比以前更老了，」王莉慨歎着說，「有些我幫襯過的食店不見了，現在都變成了車房，餘下的都做工程，什麼捲閘、冷氣的。」

「據我所知，這些唐樓都是五十年代尾、六十年代頭興建的，當然很老了。再之前，這裏有許多工廠，包括繩纜廠，還有南洋紗廠。」

繼續向前走，迎來的是鵬程街、鷹揚街、麟祥街，然後是鹿鳴街、鳳儀街和最後的龍圖街。

「果然都有動物的名字，好像玩精靈寶可夢收集小精靈似的，太有趣了。」

「連龍、鳳也捉得到，這樣才厲害。」

「我們可以做寶可夢大師啊。」王莉得意地說。

「有信心去捉蝦米嗎？」

「蝦米？」

別過龍圖街，沿馬頭角道往前走，過了九龍城道，兩人到了炮仗街。與木廠街交接的一段，有一個小街市，老人和主婦趁着天黑前，在綠色鐵皮排檔下買菜。

「原來你說的捉蝦米就是買菜？」

「除了排檔，這裏還有一些賣凍肉和水果的地舖，蝦米可以在雜貨店找到。」

「這個小街市有什麼特別的地方嗎？還是你又想找吃的？」

「哈！其實這小街市跟十三街有關，剛才不是說從前有許多工廠嗎？正因為當年曾有一間炮仗廠，所以才有炮仗街這名字。為了照顧工人的飲食，六、七十年代不但有街市，還有許多無牌小販賣炒粉麪、油炸鬼、牛脷酥。」

「但我不明白為什麼要買蝦米。」

「那是因為飲江有一首詩叫〈玄奧〉，背景就是當年賣米賣油的雜貨店。詩裏說蝦米在蝦米堆上跳，跳呀跳大海跳飛機。」

「這不是比活的蝦更生猛嗎？」

「這是詩人的想像。詩中還記述了雜貨店裏有鹹魚、冰糖和米。米在詩人的指縫間漏下，上一句還是幼嫩的指縫，下一句便變成了蒼老了的指縫。一生匆匆幾十年，就在一把米漏走之間過去了。玄奧的地方在於，這應驗了詩人母親的一句話，她責備詩人去買斤油，卻去了好久，足足去了成世。」

「幽默但又很傷感的一首詩。」

兩人找到了一間雜貨店，賣海味和南北貨的，不知有多少年歷史。店裏坐在一位老伯，懶洋洋地看手機，也不理二人。店門外掛着鹹魚，有一板板的雞蛋，也有包在膠袋裏的皮蛋和鹹蛋。有散賣的米，在大個的麻包袋裏，貨架上陳列着豉油、蠔油，各種的調味料。蝦米在一個玻璃瓶裏，有着淡淡的橙紅色，彷彿死了還有生命力。難怪在飲江的詩裏會跳了，王莉想。

「我從小便去超級市場買東西，沒幫襯過雜貨店。」

「我有，」張志樂說，「你知道，觀塘還有很多這種小店。」

「那我就買一把蝦米回去吧。」

「真的嗎？」

「嗯，做個紀念。」

「但飲江是買油啊。」

「我家裏有油了。」

結果王莉要了半斤蝦米，包在白色的膠袋裏。

「我終於成為寶可夢大師了。」

「哈，哈，哈！」張志樂笑起來。

「很討厭的笑聲啊。」

兩人在宋皇臺站告別。回到家裏，打開膠袋，撲面而來一陣蝦米的香氣，令王莉的心情好起來，當晚便做了一道蝦米娃娃菜吃。

兩天後的黃昏，張志樂教完寫作班，往油塘地鐵站的途中，收到王莉的短訊。

「我跟科主任說出我的想法了。我上網查了資料，還找到兩份相關的論文，跟科主任說，應該是第一人稱才對。」

「那她怎麼說呢？」

「她只是說要先看一看我找到的資料。但不管怎樣，我覺得自己做了應做的事，這樣便足夠了。」

「對，是什麼令你決定要堅持呢？」

「趁着我還是一隻活蝦，我想堅持自己認為對的事。」

「在變成蝦米之前。」

「對啊。」

「哈哈哈！」

「不准再這樣笑。」還加上一個生氣的表情符號。

「我無心的，我很欣賞你的堅持和勇氣。」

短訊串跳出了一張照片，是西營盤的日落，橘紅色的太陽在兩座大廈之間，拉着一片薄薄的浮雲。

這時，王莉走到家樓下，她也收到張志樂傳來的照片，同樣的夕陽，但拍的地方是油塘，沒有大廈遮擋，顏色看來淡一點，掛在天空最後的一絲藍色裏。

* 哥登堡餐廳已於二〇二四年三月三十日結業。

文學作品列表：

鄧小宇〈馬頭圍道——我童年世界的全部〉，「我街道，我知道，我書寫」網站。

黃潤宇〈銀漢迢迢，何以暗度？〉，「我街道，我知道，我書寫」網站。

西西〈土瓜灣道〉，「我街道，我知道，我書寫」網站。

西西《土瓜灣敘事》，香港：水煮魚文化，2021年。

飲江〈玄奧〉，《於是搬石你沿街看節日的燈飾》，香港：文化工房，2010年，頁113。

七　中環

上午的課完了，王莉捧着學生作文走回教員室，在三樓的走廊遇上了區芷晴。她被扯住衣角，沒想到嬌小的區芷晴竟有這股蠻力。

「收到電郵了？」

「什麼電郵？」

「校長的電郵，下個星期要跟她見面。」

「終於到這時候了。」

「上帝啊，讓我可以續約吧。」

「放心，你一定可以。」

「我不想再找學校，面試真是一件很討厭的事。」

作文在懷裏的重量，彷彿令回憶沉澱下來。王莉想起到這間學校上班之前，有數不清的求職信石沉大海，還到過幾間學校見工，被問到各種奇怪的問題。

你對學童人口下降有什麼看法？

你可以兼教中文、中史和視藝科嗎？

請你用十五分鐘把這疊作文的錯別字改正。

愛因斯坦說過：妨礙我學習的唯一障礙就是我的教育，你對這話有什麼看法？

她都忘記自己怎樣回答了，那時候一定是表現不好，所以才錯過機會的。不過，也可能是自己跟這所學校，這裏的人有緣，雖然是合約教師，每年都可能被換掉，但她還是很珍惜在這裏工作的每一天。她心中跟區芷晴一樣徬徨，如果未能續約，不但要再次掉進寄求職信和參加面試的地獄，還要搬家，她挺喜歡西營盤這個地方。

回到座位，坐下來，打開電子郵箱。果然有校長的電郵，信中有三個日子和時間給她選，都是下星期的，王莉選了星期二的第三節課，那是三個選項中最早的一個，始終要面對的事，還是速戰速決比較好。

回覆了電郵，正想趁着會議開始前去喝一杯水，卻發現手機有未讀短訊，來自張志樂，已經是兩個半小時前的事了。

「星期日有空嗎？我會去中環散步。」

王莉想了一想，回覆說：「不行啊，有很多作文要改。下次吧。」

上次王莉找蔡主任，說出了對中一級測驗卷上一條有爭議的題目的看法，蔡主任認為有理，在羣組裏吩咐老師怎樣改卷給分，但她沒有把王莉的名字說出來，就把這當作是自己的意見而已。王莉很感恩，如果其他老師知道那是助理教師的意見，一定不會聽的。但跟王莉持相反意見的張老師，也猜到蔡主任是因着王莉而否定自己的，自此對王莉不瞅不睬，令王莉很苦惱。

會議上，張老師終於跟王莉說話了，但卻是故意刁難，在大家面前問王莉對試後活動日中文科活動有什麼建議。幸好王莉早有預備，才不致出醜。沒料到會議結束後，蔡主任問王莉說：

「你有到過大館嗎？」

「大館？」王莉一時想不起來。

「中環的大館。」

「沒去過，怎麼了？」

「我打算遲些帶學生去參觀，你可以幫我找一些資料嗎？」

「好的。」

怎麼這種事也找着我呢？剛剛明明大家都在場。王莉暗忖。到底是助理教師沒有人權，什麼事情都要做，還是自從上次測驗卷事件，蔡主任認為自己有辦事能力……無論如何還是想不出答案，倒不如拚命把事情做好吧。

「你星期日會去中環？」午飯時間，王莉發短訊問張志樂說。

「是。」

「會去大館嗎？」

「會，這也是文學散步的一站。」

「大館跟文學散步有關？」

「當然，戴望舒你知道吧？」

「知道啊。我也要去。」

「那改作文的事……」

「我會想辦法的。」

星期日，下午兩點十分，王莉來到了大會堂外。早上睡過頭，只好連忙刷牙梳洗，匆匆換上便服，咬一片麵包出門，結果還是遲到十分鐘。

「你還好嗎？」這是張志樂的第一句話。

「我？好啊，為什麼？」

「你黑眼圈很大，而且……跟平時的你好像有點不同。」

「我昨晚改作文改到四時多。」王莉想，一定是自己臉色不好，打扮又太隨便了。

「你想去大館？」

「中文科主科叫我去找大館的資料。我聽說你會來中環，所以便跟着來了。」

「網上找資料很方便，但還是及不上走一趟。」

「那我們現在要去哪裏？」

「第一站是大會堂。來過嗎？」

「來看過舞台劇，但已經是中學時的事了。」

「香港大會堂確實舉辦過許多文藝活動，不少作家和評論人都會為這些活動寫介紹和藝評，然後刊登在報紙和雜誌上。《明報》、《信報》，還有九十年代的雜誌《越界》、《香港文學》、《香港文藝報》等等，都經常可以看到香港大會堂的名字。」

這時，大會堂的大廳裏也聚集了一班人，似乎在等下一場的演出，隱約能聽到他們談笑的聲音。外牆貼有音樂會和話劇團的廣告，鮮艷奪目的色彩跟灰白的牆身形成強烈對比。

「不但如此，」張志樂繼續說，「一九六二年啟用的大會堂，是二戰後重要的文藝活動場地，第一屆香港藝術節、香港國際電影節都是在這裏舉辦的。港英政府年代，港督還會在這裏舉行宣誓儀式。」

「這麼厲害！」王莉感到出乎意料。

「來看看。」

她跟着張志樂走到大會堂前的花園，回望這座已經有七十年歷史的建築物。

「你覺得它看來怎麼樣？」

「方方正正，看來一點也不花巧。」王莉不禁認真思索起來，搔一搔後頸說，

「說得好，這是一九五六年採用包豪斯風格設計的，主張實用，簡潔的外觀和俐落的線條。加上附近愛丁堡廣場的步道、紀念公園，市民可以在這裏散步，遠離生活的喧嘩。」

「這裏真是中環一個比較清靜的角落。包豪斯風格不就是跟灣仔街市一樣嗎？」

「對，你記性真好。」

「我們去過了嘛。大會堂跟文學有關？」

「有，首先是很多作家、學者、藝評人會來觀賞演出，例如也斯（梁秉鈞）、

盧偉力、吳美筠等等，過去在報紙和雜誌上不難找到他們的藝評。」

王莉好像發現了什麼有趣的東西，一邊聽一邊向前走。

「兒童文學作家周蜜蜜在〈那些日子〉裏，記述了她和另一位兒童文學作家何紫的會面，會面的地方就是大會堂。後來，香港兒童文藝協會成立，很多活動也在大會堂舉行，所以這地方對香港兒童文學來說，意義滿大的。」

「這是什麼？」王莉指着大會堂旁一間多邊形的小屋說。

「這是紀念龕。」

「記得我從前到大會堂看戲，散場已經是深夜了，我看見這間小屋，但它在夜裏並不顯眼，所以當時我沒有深究是什麼。現在的它搶眼得多了，在陽光下屋頂閃着淡淡的金光。你說是紀念龕，是紀念什麼的呢？」

「紀念第二次世界大戰期間，於『香港保衛戰』中捐軀的軍民，包括了英聯邦軍人及香港人。」

「原來是這樣啊！」王莉有點驚訝，「沒想到二戰的歷史就在身邊。」

「這個紀念龕是十二邊形設計，內裏有一千多名陣亡者的名冊和刻有他們名字的木匾。」

「可惜不開放，真想進去看看。」

「這裏只有每月第一個星期日上午開放，十二時三十分後就會關門了。」

「那你下次再帶我來看。」

「你自己也可以來。」

「有你在，我可以聽故事。」

「跟小孩子一樣……那你想聽皇后碼頭的故事嗎？」

「皇后碼頭不是清拆了嗎？」

張志樂沒回答，而是背着大會堂走。王莉跟着他，來到一塊空地，跟前是一道花圃，種着青黃葉子的植物，然後是龍和道，汽車風馳而過，車聲劃破了寧靜。她還看到摩天輪，以及維港對岸九龍的高廈。

「皇后碼頭原本就在這位置。」張志樂淡淡地說。

「印象中已是十多年前的事了。」

「對，我們認識的皇后碼頭其實是第二代，建於一九五三年。第一代的皇后碼頭則於一九五四年因着當時的中環填海工程而清拆。沒想到五十多年後，第二代的皇后碼頭也因要配合中環填海計劃而拆卸。」

「香港歷史跟填海真是密不可分。」

「港英時代港督上任時都會坐船到中環，來到皇后碼頭上岸，在愛丁堡廣場閱兵，然後在香港大會堂宣誓。而英女王也真的來過皇后碼頭。」

「幾時的事？」

「一九七五年，英女王伊利沙伯二世訪問香港，乘坐慕蓮夫人號在皇后碼頭上岸。」

「那真是名副其實的皇后碼頭。」

「所以有人認為皇后碼頭有着重要的歷史意義。二零零七年就有保育人士發起運動，爭取把碼頭保留下來。當中還有不少的作家和藝術工作者，我想起了廖偉棠的〈皇后碼頭歌謠〉，詩裏說：『那夜／我看見一垂釣者／把一根白燭／放進碼頭前深水，給鬼魂們引路。嗚嗚，我是一陣風，在此縈繞不肯去。』」

「詩人說『我是一陣風』，怎麼我覺得他也是鬼魂之一呢？」

「我想也容許這樣解讀的。但他縈繞不肯去，是因為對皇后碼頭戀戀不捨。」

「很深情。不但讓人想到死亡、悼念，還有詩人不捨之情。」

這時一陣風揚起了王莉的頭髮，她心中突然升起一個古怪的念頭：這風是由皇后碼頭被清拆的時空，遠遠吹過來的，並不陰森，似在訴説故事。

離開大會堂和愛丁堡廣場，走進干諾道中的行人隧道，圓形小燈、幽暗燈光、豎直拼貼的長方形米白瓷磚，配上黑色的地面，真有迷失在時光裏的感覺。

「你知道嗎？這是香港第一條行人隧道。」張志樂説。

「不知道啊，這也難怪，中環是香港殖民地年代最早發展的地方。」

「對，這裏有太多百年以上的建築，也有太多故事了。」

而星期日的今天，聚集在這條行人隧道裏的卻是外傭。他們三五成羣，坐在紙皮上聊天、唱歌、分享食物，使隧道變成了氣管似的，各通道都迴盪着他們的談笑聲，不住的擴散。

他們也聚在皇后像廣場上、在樹下、在噴水池邊，在銀行家昃臣的銅像旁。張志樂和王莉好不容易才找到一個可以停下來的地方。外傭的談笑聲開朗而響亮，但廣場空闊，聽起來舒服和諧。王莉看見黑色的銅像，卻不知道他是什麼人，比較起來，銅像面對着的英式大樓吸引多了。

「我知道這是立法會大樓。」她説。

「一九九七年到二零一一年這裏都用來開立法會會議，現在都搬到政府總部旁的立法會綜合大樓了。」

「我知道這座建築最初是最高法院，一九一二年就有了。到了一九九七年才改名立法會大樓，等到立法會綜合大樓建成，這裏又變回司法用途，叫終審法院大樓。」

「説得沒錯，建築物已超過一百年歷史，採用新古典主義風格，模仿古羅馬和希臘的設計，整座大樓對稱有序，設有寬闊的柱廊、富有象徵意涵的裝飾，你看得見大門上三角形的楣飾嗎？」

「這個距離不是看得很清楚。」

説着，二人繞過一些外傭的地攤，停在一個可以看得清楚的位置。

「我看到有獅子和兩個女人……還有一匹馬嗎？」

「你看，」張志樂在網上找到了照片，用手機展示説，「那不是馬，是獨角獸，代表蘇格蘭；獅子代表英格蘭；至於那兩個女人分別是真理之神和憐憫之神。正中間的盾牌是英國的國徽。國徽下方寫着法文『DIEU ET MON DROIT』，意思是：『君權天授』。」

「單單一個門楣便這麼有意思，我只認識門楣上方的正義女神。她一手持劍，一手提着天秤，蒙着眼睛，代表不偏不倚和公正嚴明。」

「你猜猜，正義女神會跟那個銅像聊什麼？」

「那個銅像？」王莉看看張志樂手指所指的方向，原來是剛才那黑色的銅像。

「那是昃臣的銅像。他是十九世紀的銀行家，滙豐銀行的總司理。」

「他……會和正義女神爭論金錢還是正義重要嗎？」

「哈，可能會啊。其實我也不知道。」

王莉做出生氣的表情。

「不要生氣，看到這兩個像，我想起了劉以鬯的一篇作品，叫做〈站在立法會大樓前〉。」

「那就是說寫在一九九七年之後了。」

「這個嘛……」張志樂用手機查看說，「是二零零二年的。文章說有某個人跟昃臣的銅像對話。他們東拉西扯，好像不着邊際似的，但其實對話的內容很有意思，你看。」

王莉湊過來看，「原來那邊還有一塊一九零三年時奠基的大樓基石。文中提到了香港回歸後的變化，那是回歸後第五年，變化自然是不大。」

「正如文中說的，皇后大道依舊是皇后大道，昃臣道也沒改名。皇后像廣場上依舊聚集了大批的外傭。」

「他還提到皇后像廣場沒有皇后像，原來搬到維多利亞公園入口去了。」

「那是二戰後的事。維多利亞女王像和昃臣像都被日軍運到日本去，在戰後才歸還給香港。一九五七年，皇后像便重置在維多利亞公園了。」

「我喜歡作品的結尾啊。」王莉伸出手指，在張志樂的手機上拉動畫面。

「為什麼？」

「一個地方有沒有變，不單是看街道名和建築物有沒有變。就像這裏寫的，還要看一個地方的文化與重視的價值。在昃臣眼中，香港依舊是東西文化的中間站，充滿活力和魅力。還有正義女神像，象徵法治和公正，這些才是香港沒有改變的證據。」

「對，保存了硬件，還得保存軟件。」

「我們下一站會是大館嗎？那是另一座保存下來的硬件。」

「哈哈，你真心急。快了快了，但我們要先去這裏。」

「吓？」王莉再次循着張志樂指的方向看，「滙豐銀行？」

匯豐總行大廈正對着皇后像廣場，過了德輔道中，便來到這座巨大的鋼筋建築下。大樓裏的空間，同樣聚集着外傭，其中三人組成了樂隊，正彈着結他載歌載舞。王莉看着他們，這真是快樂啊，他們懂得用一星期只有一天的假期來盡興，反觀自己，如果不是約了張志樂出來走走，便一定會窩在家裏工作。

「假期的滋味啊，我早已經忘記了。」她不禁在心裏這樣喊起來。

「你覺得匯豐大樓怎麼樣呢？」

「這個嗎……」冷不防被問起這個，王莉於是抬頭細看這座建築。

「跟終審法院大樓很不同吧。」

「完全不同。終審法院大樓是古典風格，而這裏則很現代，建材也不一樣，用的全是金屬和玻璃，我想如果沒有外傭來開派對，感覺會比較冷冰冰。」

「你的想法跟小思的差不多。她在〈看銅獅去〉一文記下她的觀感。她形容這座建築『活像一所未完成的工廠，裸露着冰冷的死硬的身軀』。準確來説，這是後現代主義風格，門不像門，大堂改為公共空間，令小思感到有點困惑。不過，這座建於一九八五年的建築，特色在於以四座巨大的梯型構架作支撐，這使得內部辦公空間無需再用柱子，空間感大增。而採光主要用上中庭最上方的玻璃反射鏡，配合一個設於外部能跟隨太陽角度調整的巨型反射板引入自然光，減少燈光的需求，可說是早期的智慧型建築。」

「我反而覺得後現代主義風格挺好，比較有特色，而且大樓下這個公共空間，可以給外傭和市民使用，為冷冰冰的外觀添上一點暖意。」

「你這個想法又跟西西的有點相似。」

「這麼多作家留意到這座大樓啊！」

「對，西西在《看房子》裏有一篇〈流動空間〉，說中環匯豐銀行的空間處理最有特色。她想起了李安的電影《理智與情感》，這電影改編自珍．奧斯汀的同名小說。電影中的一幕，講述愛德華隨着鋼琴聲，緩緩走入室內，連續穿過了幾道敞開的門，鏡頭也跟着他移動，展現房子的豪華與開敞。西西認為這是『流動的鏡頭帶出流動的空間』。匯豐大堂的公共空間設計也讓人可以在德輔道中和皇后大道中之間穿行，同樣擁有流動的特質，『使明亮輕盈的建築更通爽』。」

「兩個作家的想法很不同。」

「正是這樣才有趣。來，看獅子去。」

銅獅安放在德輔道中那邊的入口，王莉很早便留意到了，一隻張口，一隻合嘴，都同樣有神，都同樣威猛。

「小思是特地來看這兩座銅獅的，她說在香港活了幾十年，從沒有細看過。」

「我也一樣，還是第一次來。搬到港島來，實在應該找機會看一看。」

「看，我給你製造機會。」

「我是不是該感謝你呢？」

「請我吃下午茶便可以了。」

王莉笑了，伸手摸那張着嘴的獅子，摸到了許多彈洞和裂痕。

「獅子受了傷。」她說。

「是二戰時留下的。這兩座銅獅，張嘴的這隻叫 Stephen，合嘴的叫 Stitt，由一九三五年起放置在這裏。但跟維多利亞女王像、昃臣像一樣，都曾經被運到日本，差一點便要被日本人熔為軍火材料了。」

「小思也經歷過那時代，感受一定特別深。」

「是的……」過了一會，張志樂想起什麼似的繼續說，「小思其實是讀了吳冠中的文章，了解到銅獅由國立杭州藝專的外籍教授魏達設計，憶起了當時擔任校長的林風眠，才到這裏走一趟的。雖然她覺得這裏『裸露着冰冷的死硬的身軀』，但無阻她憶起舊人，寫出了人文情懷。」

「對作家來說，就連最冰冷的事物也有情。」

「那是因為人有情呀。」

說完，張志樂又起步走，王莉跟上去，再次在外傭的地攤間穿梭。耳邊響起歌聲，還有不認識的語言，嗅見了熟悉或陌生的食物氣味，令人聯想到炸物和甜食。王莉這才記起，起牀至今，只吃過一片麪包。

張志樂沿着皇后大道中，往中環方向走。一邊是商業大廈的玻璃幕牆，另一邊是茂密的綠樹，陽光穿過葉縫，疏疏落落地曬在斜坡上。

「等等……不行了……」

「什麼不行了？」張志樂說。

兩人停在一個十字路口上。

「很餓，我要去找東西吃。」

「你還沒吃飯嗎？」

「趕着過來，只吃了一片麪包。」

「你怎麼不早說呢？我們邊走邊找吃的。」

王莉聽到這句雙眼一亮，看到前面不遠一片繁華景象，路人也多，想必可以找到餐廳。但她正想往前走，便被張志樂拉着過馬路，走上了一條沒什麼人的斜路。一邊是一座方方正正、政府大樓似的建築物，另一邊則是商業大廈的外牆和後門，並沒有餐廳的蹤影。

「怎麼走這條路呢？」

「剛才到了十字路口，我才記起這是雪廠街，當然要逛逛。」

「有雪廠這種東西嗎？是不是指冰？」

「對，就像我們會把冰箱叫雪櫃。」

「提起雪櫃，很多食物在我腦海裏浮現。」

「我們還會把冰淇淋叫做雪糕。」

「不要再說了。」斜路令王莉更餓更累。

繼續往上走，右邊依舊是商業大廈，而左邊則換了古舊的磚牆，王莉看到一個為遊客指路的路牌，分別指向中環地鐵站、蘭桂坊、藝穗會，還有大館的方向。是大館，我們很接近了。王莉心裏想。

張志樂不知道她心裏在想什麼，繼續說雪廠街的故事。

「所謂雪廠指的是冰庫，聽説在一八四五年，美國的丟杜公司在這裏儲存冰塊，供英軍醫院使用。那些冰都是從美國運來的天然冰，真是大工程。」

「從美國運冰過來？沒有冰箱的時代，真的很難想像。」

「是不是很魔幻？可能因為這樣，董啟章在《地圖集》裏説，丟杜公司背後其實有一項秘密的製雪計劃。由於在港的外國人不適應暑熱的天氣，同時掛念擁有寒冷季節的家鄉，所以雪廠便製造大雪紛飛的擬似經驗，讓他們一解鄉愁。從這個角度來看，『雪廠』比起『冰庫』是更準確的名字。」

「這雖然有趣，但不是太誇張了嗎？」

「《地圖集》是一本小説，誇張一點又何妨。不過，人造冰雪的構想很快便實現了，怡和洋行有份投資的製冰廠在灣仔春園建立起來，人造冰比天然冰成本低，令丟杜公司只得減價應戰，一八八零年香港再沒有天然冰，而丟杜公司的冰庫最終被怡和旗下的牛奶公司冰廠收購了。」

「這樣説來，牛奶公司的歷史真悠久。」

「吃雪糕也可以認識歷史。」張志樂笑着説。

「你又提起雪糕了。」

雖然肚餓，但接下來的風景，還是叫王莉不由得停下了腳步。就在雪廠街旁邊，一條古色古香的石梯，連接着下面現代化的馬路和商廈，令人有種新舊時空重疊的錯覺。

「這個地方很眼熟，咦！」這時，她才留意到石梯旁有一塊淡紫色的展示板，「原來真的是煤氣燈，從前在電視上看過。」

「這都爹利街也是文學散步的一站。」

「難得來到，要走走看。」說着，王莉逕自沿樓梯往下。暫時把餓的感覺忘掉了。

梯級的建材是花崗岩，每級由兩三塊石組成，切割工整，幾乎無縫地貼合着。扶手摸起來涼涼的，而且闊，可以讓人坐在上面滑下去。樓梯的頂部和底部各有兩盞煤氣燈，金屬的柱身跟石梯竟出奇地相襯。

「煤氣燈太可愛了，」王莉掏出了手機拍照，「黑色的底座和柱身，飾有金線，看起來很高雅，燈泡像小小的臉蛋，還戴着圓帽子，活像一位英國的紳士。」

「它們的確來自英國。」張志樂不得不佩服她的想像力。

「它們看來並不殘舊啊，是經過修復吧。」

「對，雖然這幾盞燈最早的紀錄是一九二二年，但一直由煤氣公司維修，是香港的法定古蹟。」

「我記得周星馳的電影《喜劇之王》，張栢芝出場就是在這條樓梯上。」

「還有不少電視劇和MV在這裏拍攝。」

「電燈的時代早已來臨，這些煤氣燈能夠保存下來，真難得。」

「有時我想，一座城市是否發達，是否幸福，不是看它擁有多少新事物，而是看它保存了多少舊事物。」

「跟收藏家首先要有錢的道理一樣嗎？」

「你想到哪去了？」

說着，兩人再次走上梯級，要回到雪廠街去。

「其實不只電視劇和電影，這裏同樣是作家寫作的題材，例如也斯就寫過〈路經都爹利街〉，記述了七十年代的面貌。」

「你說這裏是文學散步的一站，就是這個意思。」

上罷石梯，兩人停下來稍息，王莉意識到肚餓的感覺回來了，但她明白必須要忍耐。她靠在立着煤氣燈的石楔上，聽見張志樂回頭說：

「當時也斯應該也是站在這個位置，詩中說：『巨大的電線輪轆／抵着石的楔子／俯臨幾級石階下／短灰的街道／工人留下一綑白色電線／匝繞這幾盞／最後的煤氣燈。』詩中還寫到當日詩人看到的人和物，例如街上的招牌和印度人。」

「煤氣燈為什麼會有電線呢？」

「或許是當時其他工程留下來的。」

「除了是實景外，也可能喻指在電線的時代裏，這幾盞煤氣燈是最後的存在了。」王莉想了一想說。

「你這個解讀真好，看，現在不就是電線匝繞的世界嗎？」

「正因為這樣，這幾盞燈更顯珍貴。話說回來，大館近嗎？我很餓，快支持不住了。如果大館還很遠，我們先找地方吃東西。」

「快到了。」

半小時後，兩人坐在露天陽台上，眼前除了英式建築，還有中環鬧市的街道。他們身處大館裏的一間咖啡店，店裏設計簡潔開揚，木色的陽台欄柵，配上白色小圓桌，散發濃厚的假期氣息。

食物來了，王莉不但點了北海道海膽扁意粉，還有蜜柑三文治，她強調三文治是甜品，必須要等吃完義大利粉才可以吃。張志樂則點了抹茶撻和冰咖啡，邊吃邊默默地看風景。風吹來，讓食物的香氣飄揚，也帶來一點涼意。

剛才又餓又累，由都爹利街走到大館的一段路，看過什麼、聽到什麼，全都印象模糊。吃着義大利粉，王莉恢復精神，疲累的雙腳也得到放鬆。她記起剛才走過的路，途經藝穗會，讀大學時跟朋友到蘭桂芳玩，早就見過那幢紅白相間的建築物。它由非牟利組織管理，租予藝術家展覽和演出。最大特色在於雲咸街和德己立街交連處的弧形牆面，有牌子寫着藝穗會的中英文名，還有「Arts + People」的字樣。

張志樂介紹藝穗會的聲音，也重新在記憶中響起來。王莉這才知道，藝穗會原來跟雪廠有關，它建於一八九零年，本來是牛奶公司的冷凍倉庫，到了二十世紀初，曾用作牛奶公司的經理宿舍。至於用作藝術用途，是一九八四年的事了，直到現在，藝穗會仍在租用大樓的南座，而北座則是香港外國記者會。

「一個長年用來儲存冰塊的地方，鄰近酒吧林立的蘭桂芳，似乎不是偶然。

不過當年跟冰塊一起儲存在這裏的牛奶，就顯得有點純情了。」這也是張志樂説的，像是總結之類。她記得。

一邊想着這些事，一邊把蜜柑三文治吃下。沒想到裏着水果的不是忌廉，而是淡芝士，她不由得呼了一口氣，感到非常滿足。但同一時間，看着眼下的大館建築羣，想起蔡主任和學校的事，便又不禁憂鬱。

「有什麼不開心的事嗎？」

「沒……只是累。」

「雖然認識你不久，但你是不開心還是累，我看表情也猜得到。」

「我這麼容易被人看穿嗎？」王莉有點氣餒。

「我不是這個意思。只是不開心可以説出來啊。」

「沒什麼，」王莉捧起杯子呷一口白咖啡，「想起學校的事而已。過兩天約了校長見面。」

「為什麼？」

「這是學期尾的會面，校長會跟我談續約的事。」

「那是好消息。」

「會不會續約現在還未知道。如果學校不跟我續約，我便要去找工作。」

「緊張嗎？」

「我沒信心。在教育界要生存下來真的很難……再者，如果要到另一間學校工作，那搬房子的事……」

「又要重新找地方搬。」

「可能啊，港島區學校相較少。」

「這些事先不要想了，先把眼前的工作做好吧。」

「你說得對……眼前的事比較重要。」

張志樂的抹茶撻還剩下一個角，王莉盯着它看，把叉子伸過去，然後又縮開，像小貓的手在試探獵物。

「你吃，我已經夠了。」

王莉高興起來，把雲石小圓碟拉到面前，用叉子把小塊抹茶撻放進嘴裏。

「好吃。這個很適合配咖啡。」

「我沒騙你，把你帶到大館來了。」

「我也上網找過資料，我們身處的是賽馬會藝方。這是兩座新建築之一，另外大館保留了十六座舊建築，大部分都超過一百年歷史。」

「對，其中三座是歷史建築，包括前中區警署、中央裁判司署和域多利監獄，可說是警政、司法和獄政集於一身。」

「至於新的，就是藝方和立方。藝方設有美術館，而立方就有表演和放映場地。」

「科主任會對舊建築更有興趣？」

「她也很喜歡到新店打卡。不過，你說得對，舊建築才是主菜，我們走吧。」說完，王莉把最後一小塊抹茶撻放到嘴裏。

離開咖啡店，他們到了俗稱「大地」的檢閱廣場，這是從前警察步操的地方。大地的三面都有建築物，一面向着警察總部大樓，一面向着營房大樓，還有一面是兩層的黑瓦頂小白屋，是從前的槍房。

槍房今天變成了餐廳，不少外國人坐在露天的餐桌前用餐、看書。檢閱廣場上是散步和拍照的人，他們用警察總部大樓做背景。這兩座大樓同樣有黑色的瓦頂，牆身以紅白的間線點綴，下層以紅磚為主，上層則是白色的粉牆和開闊的陽台。

「看看這棵樹。」王莉說。

她指的是警察總部大樓和槍房之間的一棵樹，長得比兩座建築都要高，略為渾圓的樹冠在王莉眼中，像綠色的棉花糖。

「這是……」張志樂走到樹下仔細看，「芒果樹？」

「你連樹木也認得。這芒果樹有六十多年了，活化工程進行時，警察要求把這樹保留下來，你知道原因嗎？」

「跟風水有關？」

「那倒不是。那是因為這樹是歷代警察的集體回憶。他們叫它做『升職樹』，據說每年芒果樹結果愈多，便愈多人可以升職。」

「我還以為是芒果特別好吃。你搜集到的資料也不少啊。」

「我還得親眼看看。」

張志樂跟着她走進總部大樓，遊人雖多，但大樓空間寬闊，不覺擁擠。從外面看是兩層的建築，原來有兩層地庫，一共四層。中庭有扶手樓梯，地板是紅色的，再鋪上花紋階磚。

「這座大樓是一九一九年落成的，主要是警隊的辦公室，也曾用作警察學校，以及華籍和印籍警察的宿舍。」

二人到了二樓，在陽台上俯覽檢閱廣場。

「你看，下面的人像在步操嗎？」王莉說。

「又散又亂，完全不及格。」

「從這個角度看，對面的營房大樓更見宏偉。誰會想到是一八六四年建造的？它原本是三層高，到一九零五年由於警隊人數增加，才加建一層。」

「這點我知道，你看它的立面分為五個部分，輪廓對稱分明。中間三個部分都設有遊廊，那是因為英國人太怕熱了，很多早期殖民地建築都會用這個方法來遮擋陽光。」

「還有它的基座用花崗岩造，而其他樓層則用磚建造，屋頂卻是木結構的金字頂。這也是早期殖民地建築的特色。」

「營房大樓後來改作警察辦公大樓，除了辦公室，還有康樂室、寢室、飯堂，讓警察休息甚至健身。」

「我們去看看。」

今天的營房大樓，除了外觀，與過去連接的地方大概就餘下餐廳跟昔日的飯堂相似。大樓裏是時尚的商店，有賣時裝的、眼鏡皮包的、陶瓷餐具的，賣蛋糕甜點的，還有些隱藏在露天遊廊盡頭的藝廊，像要跟遊人捉迷藏。

要是獨個兒來，王莉一定會逛逛這些店，買美麗的東西是舒緩工作壓力的一個好方法。可是，搬出來住要交租金，她不得不提醒自己，抑止購物的慾望。

沿着貫穿營房大樓的大館里，來到昔日是監獄的區域，這包括了監獄長樓、A至F倉，以及供囚犯洗澡的淋浴樓。張志樂嚷着要去第十二座，也就是從前的B倉。這區沒有寬闊的廣場，空間比較狹窄，抬頭會看到兩倉之間的天空，像泳池般狹長，可能這就是鐵窗生涯的一部分，王莉想像囚犯的生活。

第十二座現在是歷史故事空間，名為「域多利鐵窗生涯」。可以近距離接觸囚倉，王莉不禁興奮起來，跑進其中一個小倉，坐在應該是用作牀的石板上。倉裏還有一張椅子和靠在牆角的三角桌，小得連擺出文具改作文也很困難。

張志樂找到了王莉，坐在她旁邊，看着三面米黃色的牆。

「你怎麼入冊了？」

「犯了事。」

「犯了什麼事？」

「懶惰不工作，跑了出來玩。」

「我還以為你來是搜集資料的。」

「當然是啦，我説笑而已。好，那你來告訴我，有關監獄詩人的故事。」

「為什麼要由我來説？」

「你為我提供資料啊。」

「為什麼？我也是來工作的，帶文學散步前先來探路。」

「既然你是負責文學散步的，監獄詩人當然是交給你。」

張志樂歎了口氣，「好了。監獄詩人就是戴望舒，一九三八年上海淪陷後他便與妻子來到香港，成了《星島日報》副刊主編，由於發表抗日文章，在香港淪陷後便被日軍拘捕，在這裏被囚禁了幾個月。他在獄中寫了〈獄中題壁〉，詩中説『如果我死在這裏，朋友啊，不要悲傷，我會永遠地生存在你們的心上』，這首詩將他與域多利監獄連結在一起。」

「他當時一定想到自己不能活着出去了。」

「是，因為他遭到酷刑虐待。不過到了一九四二年五月，他在葉靈鳳的幫助下離開了監獄。」

「我記得這首詩，很直白，但感情很充沛。想到詩人在這樣的環境裏寫，就不難明白了。」

「要學生也能感受倒不容易。早幾年我曾帶過學生來參觀，但大館活化工程還在進行，進不來，我只能帶他們到贊善里，去撫摸監獄的外牆，讓他們感受和想像一下。」

「希望他們也有機會再來一趟。」

離開前，他們到了中央裁判處，比起總部大樓和營房大樓，中央裁判處小得多，外牆同樣用紅磚砌成，內裏設有歷史故事館，讓人認識中央裁判處的歷史變遷，還可以參觀法庭。王莉站在法庭的圓窗下，想到如果跟學生在這裏來一場辯論比賽，應該會很有趣。

從歷史建築裏出來，沿着砵甸乍街，也就是俗稱的石板街往下走。有人坐在街邊的涼亭吸煙，有外國人捧着相機拍照，有買完東西、挽着大袋小袋的婦人。完成資料搜集的任務，王莉腳步變得輕快，忽然想到什麼說：

「你知道？最初認識你，我覺得你走路很快。」

「是啊，有朋友問我是不是趕着去投胎。」

王莉忍不住「哈」地笑了起來，「但最近我覺得，你走路比之前慢了。」

「是嗎？」張志樂說，「說起來好像有慢了一點。說不定是你快了。」

「無論如何，我們的步伐變得更一致。」

張志樂忽然停住腳步，王莉多走了兩步才發現，回頭問他說：

「怎麼了？不高興我說你走路慢？」

「一定沒問題的。」

「什麼沒問題？」

「續約啊，一定沒問題。」

「嗯，謝謝，我相信你。」

第二天，王莉便把花了半晚整理好的大館資料，連同從大館取來的小冊子，交給蔡主任。蔡主任高興地接過，還請她吃了一件有士多啤梨的日式糕點。區芷晴看在眼裏，等到只有她們兩個人的時候說：

「羨慕死了，蔡主任還沒請我吃過東西。」

「你怎不早點說？我留給你吃嘛。」

「不用了，那是賞你的。明天見校長，緊不緊張？」

「哼，一定沒問題的。」

星期二的第三節課，王莉走到校務處，跟櫃台的同事知會一聲，便打開門，走進校長室，輕輕把門帶上。

文學作品列表：

周蜜蜜　〈那些日子〉，《文學世紀》第二卷，第十期總第 19 期，2002 年，頁 72。（參香港文學資料庫）

廖偉棠　〈皇后碼頭歌謠〉，《和幽靈一起的香港漫遊》，香港：kubrick，2008 年，頁 76。

劉以鬯　〈站在立法會大樓前〉，《他的夢和他的夢》，香港：明報出版社、《明報月刊》聯合出版，2003 年，頁 8-12。

小思　〈看銅獅去〉，《香港故事》，香港：牛津大學出版社，2002 年，頁 35-36。

西西　〈流動空間〉，《看房子》，台北：洪範書店有限公司，2008 年，頁 280-281。

董啟章　〈雪廠街〉，《地圖集》，台北：聯經出版公司，2017 年，頁 102-103。

梁秉鈞　〈傍晚時，路經都爹利街〉，《雷聲與蟬鳴》，香港：文化工房，2009 年，頁 92-93。

戴望舒　〈獄中題壁〉，《戴望舒選集》，香港：香港文學研究社，1981 年，頁 73-74。

港鐵鰂魚涌站C出口
1 新光戲院
2 北角碼頭
3 春秧街
4 月園街
5 皇都戲院
6 森記圖書公司
7 油街實現
8 富利來商場
2 北角碼頭
渣華道
馬寶道
七姊妹道
香港殯儀館
模範里
港鐵鰂魚涌站
C出口
3 春秧街

3 In Park

聖巴拿巴

4

觀塘海濱花園

5

4 九龍麵粉廠

鰂魚涌、北角及炮

新光戲院

5 皇都戲院

4

5

電廠街

6

渣華道

堡壘街

油街

7

京華道

8

富利來商場

FU LEE LOY SHOPPING CENTRE

8 富利來商場

★ 港鐵觀塘站D1出口

1 翠屏邨

2 秀茂坪紀念公園

3 In Park

4 九龍麵粉廠

5 觀塘海濱花園

6 茶果嶺

7 茶果嶺天后廟

2
翠屏道
1
1 翠屏邨
瑞和街
香港歷史檔案大樓
協和街
凱匯
民坊YM2
福塘道
觀塘道
港鐵觀塘站
D1 出口
駿業里
駿業熟食市場
3
駿業街
偉業街
麗港城
6
5 觀塘海濱花園

北台山

2

月園

北角匯
一期

4 月園街

1 新光戲院

渣華道

馬寶道

琴行街

3

書局街

1

港運大

英皇道

港運城

七姊妹道

丹拿道

丹拿花園

SAM

清華街

7 油街實現

6 森記圖書公司

龍和道

愛丁堡廣場

干諾道中

干諾道中
行人隧道

2 匯豐總行大廈

皇后像廣場

1

1 終審法院

2

3 雪廠街

★ 香港大會堂

1 終審法院

2 匯豐總行大廈

3 雪廠街

4 藝穗會

5 大館

★ 港鐵宋王臺站

1 宋王臺花園

2 真善美邨及聖三一堂

3 囍囍小食店

4 海心公園

5 牛棚藝術村

2 真善美邨及聖三一堂

天光道

農圃道

3 囍囍小食店

3
哥登堡餐廳

美善同里

4 海心公園

土瓜灣

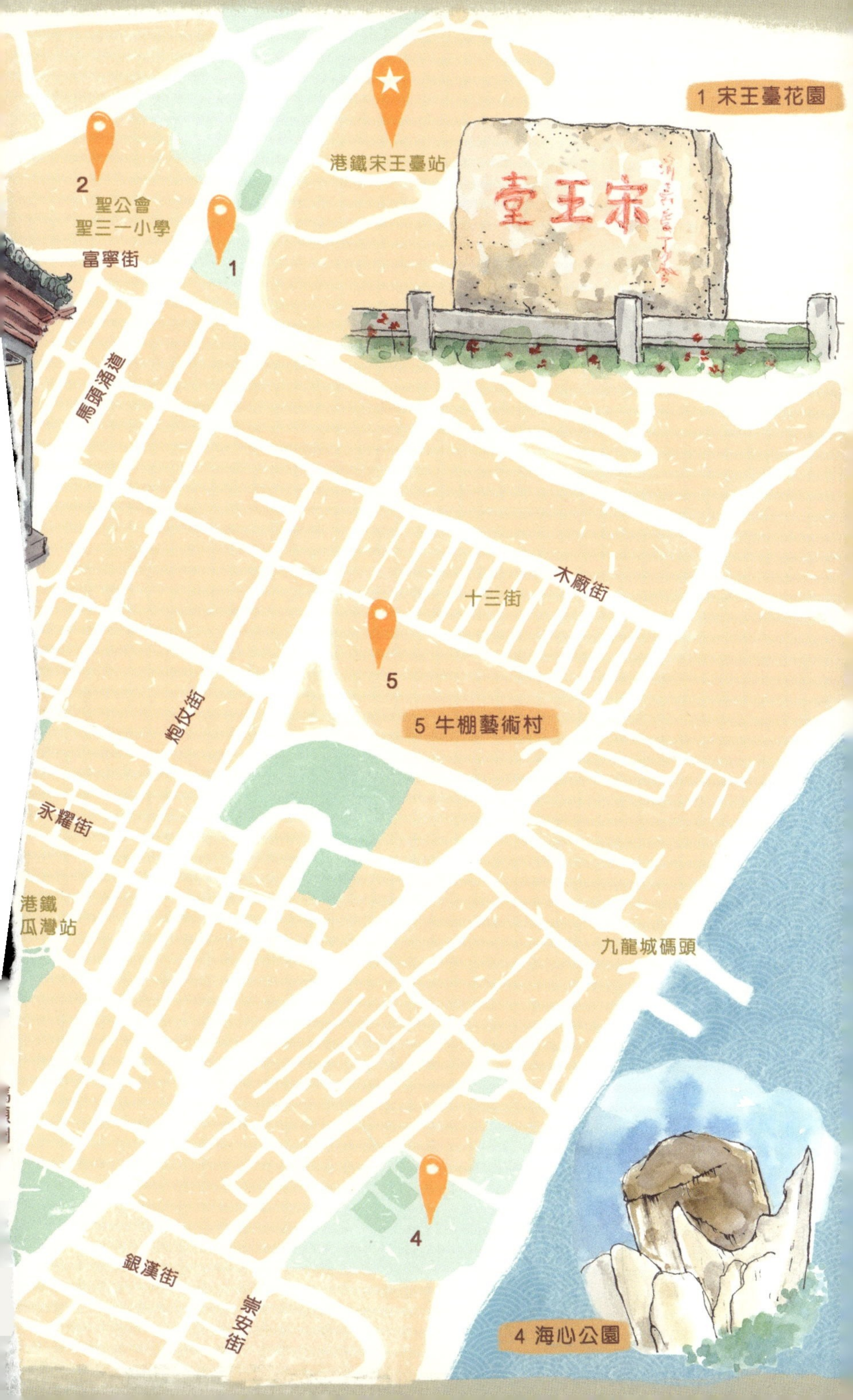

1 宋王臺花園

港鐵宋王臺站

宋王臺

2 聖公會聖三一小學

1

富寧街

馬頭涌道

木廠街

十三街

5

5 牛棚藝術村

炮仗街

永耀街

港鐵瓜灣站

九龍城碼頭

4

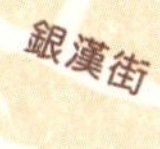

中環

砵典乍街

德輔道中

皇后大道中

5 大館

5

蘭桂坊

4

都爹利街

3

4 藝穗會